어머니의 시간 여행

처녀 시절의 어머니의 고운 자태

'어머니의 축제' (서울중등사진교육연구회 전시 작품, 2010)

'어머니의 행복' (안성 바우덕이 축제에서, 2010)

사랑하는 어머니, 최정임 여사님 영전에
'어머니 연작시'를 바칩니다.

윤연모 시집 **6** (어머니 연작시)

어머니의 시간 여행

새로운 세상의 숲
신세림출판사

■ 自序

내 마음의 별에 사는 어머니가 그립다

　다른 별로 가신 나의 어머니, 최정임 여사님이 못내 그리워 '어머니 노래'를 부르는 심정으로 이 시집을 어머니께 바친다. 이제, 어머니께 나의 마음 외에 더 이상 바칠 것이 없다. 그래서 어머니께 감사하는 마음과 어머니를 잃어 비통한 마음을 고작 어머니 연작시 81편으로나마 '글 선물'로 드린다. 만약 하늘나라에 계신 어머니께서 이 헌정 시집을 보신다면, 장난기 많지만 우직한 딸내미의 진솔한 마음을 헤아리고 한바탕 웃으시거나 눈물이 그렁그렁해지실지도 모르겠다.

　오랫동안 어머니께서 자식들에게 따뜻한 가슴을 내어주

셨는데, 시간의 강물을 따라 저승 여행을 떠나신 지 벌써 이 주기가 지났다. 하지만 아직도 눈만 감으면, 어머니께서 옆에서 딸내미를 나지막하게 부르거나, 이루고자 하는 소망이 무엇인지 현재 고민이 무엇인지 넌지시 물어보실 것 같다. 하기야 지금도 자식 마음속에 좌리를 틀고 앉아 계시니, 어머니께서 지구별의 어디엔들 안 계실까.

어머니께서 떠나신 해는 사십구재와 제사를 모시며 슬퍼하느라 정신을 차리지 못하였다. 작년에는 아버지이자 교육자로서 선배이며 스승인, 윤상렬 교장선생님을 기리는 시와 수필집 『나의 스승, 나의 아버지』를 출간하였다. 정년퇴임을 하기 전에 돌아가신 아버님께 이 기념문집을 바치고 학교 정문을 나오고 싶었다. 그래서 그 책을 집필하는 데 몰두하여 많은 시간과 정성을 쏟았다. 결국 저녁 하늘에 부는 바람처럼 두 해가 서글프게 휙 지나갔다. 올 봄에는 정년퇴임으로 서른여섯 해 동안 근무했던 정든 학교를 떠나왔다. 아마도 어머니께서 이런 사정을 헤아려주신다면, 이 시집을 어머니께 바로 바치지 못한, 딸내미의 귀여운 태만을 너그럽게 이해하여 주실 것 같다.

자신을 자식들의 껍데기라고 말씀하시며 사랑해주시던 어머니를 생각하면, 그저 온몸과 마음이 따뜻해지고 편안해진다. 어린 시절을 추억할 때 어머니가 안 계셨다면, 이 장난꾸러기가 생활을 바르게 영위할 수 없었을 거라는 명백한 생각에 다다른다. 어머니께 응석 부리고 장난칠 때나 어머니가 새록새록 생각날 때 어머니 시가 탄생하였다. 그러므로 어머니는 나의 글의 주제이자 소재이며 영감을 제공하는 최고의 존재였고 지금도 마찬가지이다.

창작 행위라는 것이 사람의 아픈 마음을 치유하는 데 최고의 탈출구라는 생각이 든다. 어머니를 여의어 비통한 마음을 이렇게라도 토해내지 않았다면, 어떻게 살았을지 궁금하다. 마음이 아프거나 힘들 때 썼던 시가 이제 어머니를 그리는 노래가 되었다. 사실, 어머니 시詩 한 편 한 편을 쓰며 많은 위로를 받았고, 어머니 사랑과 어머니 존재의 의미를 다시 한번 곱씹어보게 되었다.

어머님을 잃어 슬프고 암울하여 한동안 기쁨과 행복한 감정조차 느끼지 못하는 '인간 먹통'이 되었다. 사십구재四十九齋도 끝나고 몸이 한가하여지니 더 견디기 어려웠다. 그래서 오빠가 지극정성으로 모시는 제사와 별도로, 돌아가신 지 백 일째 되는 날부터 매달 음력 보름날에 음식을 정성껏 차려놓고 부모님 두 분의 지방紙榜을 써 붙이고 제사를 모시고 주말에 산소에 다녀왔다. 그렇게 일 년을 지내니, 놀랍게도 상실감이 조금 치유되는 듯하였다. 그 뒤로 제사는 집에서 모시지 않고, 한 달에 한 번씩 산소에 가서 음식을 대접해 드리고 온다. 다녀오고 나면 힘이 솟는 듯하여 산소 나들이가 월례 행사가 되었다.

옛날, 조상들은 부모님이 돌아가셨을 때 삼 년 동안 산소 옆에 초막을 지어놓고 베옷 입고 산소를 지켰다고 한다. 전에는 이런 이야기를 무심히 들었다. 하지만 조상들이 돌아가신 부모님을 그렇게 극진하게 모신 이유를 이제야 알 것 같다. 현대에 살며 그렇게까지 못 하더라도, 삼주기가 되는 날까지 한 달에 한 번씩 산소에 가서 부모님께 술과 음식을 바치기로 마음먹고 실천에 옮기고 있다. 언제부터인가 산소에 가기 전날 과일, 떡, 술, 황태포, 음식 등을 사기 위하여 장 보러 갈 때부터 소풍 가는 것처럼 마음이 들뜬다. 산소에 가서 두 분의 극락왕생도 빌어드리고 두런두런 삶의 고민거리도 말씀드리면, 신기하게 두 분이 생시처럼 대답해주시는 듯하다. 이마저 지극히 감사한 일이다. 고마운 마음에 내가 좋아하는 「어머니의 미소 -어머니·33」을 떠올려 본다.

어머니는
수만 편의 시이다

노년의 어머니는
아름다운 청춘 시절을 사신다

당신의 미소가
봄날 진달래처럼 눈부시다고 하니
네 아버지도 그랬다고 한다.
어머니 꿈속에서

딸도 포근해진다

가장 수수하고 따뜻하고
경이로운 시어, 어머니

　이 시집은 어머니 연작시 81편, 어머니를 소재로 한 수
필 3편, 영어로 번역한 어머니 시 22편과 정신재 문학평론
가의 시 해설로 이루어져 있다. 어머니에 대한 사랑의 시
는 2000년도에 처음 「나의 껍데기 -어머니·1」을 발표하
기 시작하여 올해까지 스물두 해 동안 써 왔다. 어머니께
서 살아계실 때 어머니 시를 쓰고나서 전화로 읊어드리면
좋다고 칭찬해주셨다. 그런데 한번은 '고얀 것'이라고 하
시며 쑥스러움을 피하셨다. 두 번째 수필집 『내 노래는 아
무도 모를 거예요』를 만들어 보내드렸더니, "연모야, 어미
가 네가 쓴 책을 세 번 읽었단다. 아주 재미있어! 우리 딸,
수고했어!"라고 칭찬의 말씀을 아끼지 않으셨다. 그래서
어머니의 감동이 고스란히 나에게 전해졌다.
　나의 존재가 어머니로부터 생겨났으며 어머니와 오랫동
안 함께했던 시간 여행이 나를 어엿한 인간으로 만들었다.
앞으로도 어머니를 향한 그리움으로 바르게 살며 행복해
지고 어떤 고난도 극복해갈 수 있으리라 믿는다. 이 시집
이 세상 밖으로 나와서 어머니를 향한 사모곡이 사랑의 꽃
씨가 되고 효도 꽃이 되어 꽃향기를 풀풀 날리길 바란다.

그래서 세상의 어머니들을 행복하게 해 드리고 어머니를
잃은 자식들도 위로해 주면 좋겠다. 그러면 온 세상이 봄
날처럼 따뜻해져서 좋을 것 같다. 끝으로 부모님의 보배인
우리 사 남매와 온 가족의 건강과 행복을 빌어 본다. 또한
흔쾌히 시해설을 써주신 정신재 문학박사와 신세림 출판
사의 이혜숙 발행인께 깊은 감사를 드린다.

이천이십일년 칠월
윤연모

윤연모 시집 **6** 『어머니의 시간 여행』 / 차례

| 제1부 | 옴마니반메훔

| 제2부 | 웃음 도가니

| 제3부 | 어머니 항공모함

| 제4부 | 마법 우산

| 제5부 | Poems in English/ My Mother's Time Travel

-Written and translated by Yoon, Yeon Mo (Elizabeth Yoon)

옴마니반메훔

필자가 사랑하는 부모님의 젊은 시절 모습

나의 껍데기
-어머니·1

나의 뜰에 새로운 꽃이 피면
알려드리고 싶은 분
생물학자보다 뛰어난 관찰력의 소유자
나의 감수성도 당신이 넉넉히 키웠지요
꽃처럼 아름답고 향기롭게 살라고요

친구들 모임에 가는데
원효대로가 아닌
영동대로를 달리고 있더군요
그 길로 당신께 달려갔지요
당신은 나를 조종하는 리모컨인가요?

오늘은 혈당이 얼마인지
인슐린은 얼마나 맞으시는지
당신 피붙이들의 표정은 어떤지
쾌·불쾌 지수는 얼마인지
어느새 전화기를 잡고 있군요

삶에 지쳐서 피 흘릴 때

온몸으로 닦아주고
마음도 가지런히 잡아주시는 분
아직도 당신 앞에서는
젖도 떼지 못한 강아지
살아가는 힘은 껍데기인 어머니
당신의 힘이지요

(2000)

인고의 꽃
-어머니·2

당신 따님이
새하얀 얼굴로 가슴 아프다고 하니
말없이 담배만 피우는 어머니
담배로 당신 속의 장작을
다 태워 숯을 만든다

분신의 눈으로
세상을 보는 어머니
당신 따님이 즐거워 웃는다고
힘이 생기고 혈류가 빨라진다
새끼에 대한 희망이
우황청심환이다

전생에 무슨 인연이었기에
그리도 기쁨으로 보살피는지
자식 사랑으로 인고忍苦의 꽃을 피운다
이제는 늙은 충신이 되어
세상 사는 법을 따르라 한다

어머니 핏속에는
특별한 피가 흐른다
자신보다는
새끼에 대한 모성 본능으로
언제나 울고 웃고 한다

(2000)

어머니의 날갯짓
-어머니·3

당신 가슴에
비에 젖은 비둘기
한 마리 품고 살지

네 마리 중에
가슴 태우는
못난 새끼 한 마리

당신 품에서
날려 보내려고
무진무진 날갯짓

산다는 것은
흔적을 남기는 거라고
날고 싶은 곳에서
희망을 주우라는 당신

(2000)

어머니가 여왕이다
−어머니·4

어머니는 참으로 행복하다
아들이 있어서
열 가지 산해진미로 우려낸
불도장을 드시니

원님 덕에 나팔 분다고
연말에 신라호텔 '팔선'에
형제들이 모였다
아버지가 안 계시니
어머니가 여왕이다

한 끼 밥값이
백십팔만 원이라니
효도와 형제애가
어우러진 값이다

도 닦던 스님이
이 음식 들고 담을 넘었다 하는데
나는 담은 넘지 못하고

통 큰 아들 가진 어머니가 부럽다

(2000)

어머니의 봄날
-어머니·5

어머니는 내 몸을 만들어주시더니
이제는 겉옷을 사주십니다
어머니 덕분에
나는 봄날의 꽃동산이 됩니다
내 용기로는 결코 입을 수 없는 옷을
어머니를 생각하며 입습니다

산소에서 아버지를 위해
철쭉과 베고니아를 심는데
굼벵이가 몸을 둥그렇게
오그리고 있습니다
그 징그러운 것을
어머니와 어린 조카들을 기쁘게 하려고
용기 있게 만졌습니다

"어렸을 때 큰고모는
지렁이를 손에 꼭 쥐고 다닌 적이 있단다.
호기심이 굉장했어."
추억하는 어머니 얼굴에

나도 즐거워집니다
어머니 앞에서
나는 언제나 초등학생입니다

내가 이렇게
화려한 옷을 입는 것은
본디 쾌활해서 그런 것이 아닙니다
어머니 앞에서
재롱떨고 싶기 때문입니다
어머니는 지금도
내 성격을 고쳐 만듭니다

(2001)

울타리
-어머니·6

인도로 성지순례도 가고 싶고
태국의 코끼리도 보고 싶단다
네 아버지랑 손 꼬옥 잡고
일본에 놀러 가고 싶었는데
혼자 여러 섬에 다녀와서
미안하단다

자식도 나이 먹으니
인생에 좋은 친구이며 보호자라고
자식과 부모가 세월을 바꾸어가며
울타리 노릇을 한다
딸의 귀중품 되어
홍콩에 복록수福綠壽* 보러 간다

(2002)

* 복록수(福綠壽): 마카오 최대 규모의 절인 관음당 정원에 있는 수령
   백이십 년 이상 된 향나무. 줄기 부분이 목숨 수(壽) 글자로 형상화되
   어 분재로 만들어짐.

하늘 같은 낙서장
-어머니·7

새끼가 아프니
어미도 아프다고
눈 꼭지 틀고
눈물을 펑펑

젊은 날
아버지 온실의 꽃 되어
온갖 보살핌 받더니
지금은 딸 입속의 혀

보호자용 소파에 누워
딸의 폭풍 치는 가슴
잔잔한 호수로
바람 재우는데

당신은
살짝 지우고 다시 그려도
용서하는
하늘 같은 낙서장

(2003)

마음 밭 관리인
-어머니·8

딸이 둥지를 비우니
꽃에 밥 주러 오신 어머니
백색 도자기 피부는 아직도 곱지
에어컨도 없는 빈집에서
땀띠로 고생하다가
과천 어머니 댁으로 줄행랑

꽃 보고 어머니 대신하라고
흰 이탈리아 봉선화
붉은 칼란코에
빨간 아마존
자색 풀꽃에 어머니 마음 걸어놓고
그 꽃잎 속에 쉬게 하는 어머니
내 마음 밭 관리인

(2003)

모닝콜

-어머니·9

칠순의 노모
오늘도 깊디깊은 새벽을
열어주는 새벽 별
눈 떴느냐고
밤새 문안하는 어미별
정이 뚝뚝 흐르는 목소리
과천에서 상계동까지
아침을 유영하며
희망을 몰고 오는 큰 날갯짓

안도감과 고마움은
거실을 한 바퀴 돌아
창문으로 휙 날아가는 새
네, 어머니! 네, 네, 네.
아침의 끝에 매어 달려
시간을 주름잡아 끌며
제 앞가림만 소중한 큰딸
최정임 여사의 아침 일과는 모닝콜

(2003)

관세음보살
-어머니·10

그녀는 자식들의 관세음보살
새끼들 인생의 삼천리를 내다보고
사천리도 뛰어넘는다
십 년 뒤를 설계하여
오늘을 살라 한다
오늘도 그녀는 염주를 돌리고
십 년 뒤에도 이십 년 뒤에도
그녀의 가냘픈 손가락은
움직이고 있을 듯하다
삼십 년 뒤에도
염주를 돌리는 그녀의 손가락을
두 손으로 꼬옥 감싸고 싶다

(2004)

평원의 얼굴
-어머니·11

캐나다 드럼헬러 가는 길
코발트 빛 하늘에 내 마음 풀고 눈 감는다

황금빛 프레이리 평원에
자꾸만 자꾸만 떠오른다

지평선 아득한 평원에서 그 영상이 와락 다가와
따뜻한 봄 만들고 나는 사랑 옷 입는다

살짝 눈 뜨니
평원이 온통 어머니 얼굴

(2004)

등나무 그늘
-어머니·12

꽃들도 당신 앞에서
새끼들이 됩니다

당신은 받침목입니다
활짝 피어 삶의 무게가 무겁다고 칭얼거리면
갸우뚱 구부러진 새우등도 세워줍니다

당신이 여윈 다리로 휘청거릴 때
편안히 쉴 수 있는
당신의 등나무 그늘이 되고 싶습니다

(2004)

하얀 푸들 강아지
-어머니·13

오랜만에 만난 그녀는
하얀 푸들 강아지
그녀가 코끝을 흔들며
로즈마리 허브 향기를 맡는다
큰올케와 함께
흑단의 젊음을 씌워드리고
그녀와 함께 목욕한다
그녀 속에서 아직도
내 아버지 냄새가 많이 난다
샤워도 아버지처럼 하고
십육 년 전 아버지가 사준
구멍 난 메리야스를 버리지 않는 그녀
그녀의 하얀 얼굴에서
향기로운 웃음이 샘솟는다

(2005)

어머니 팔순 잔치
-어머니·14

팔월의 찜통더위
아침부터 모두가 치장하느라 바쁠 터이다
강남의 한 호텔에
어머니가 생산한 알맹이와 짝꿍들
친척들과 조카, 손자, 손녀들이
최정임 여사 여든 번째 생신에 모이다
벅찬 사랑과 속 깊은 정에 가슴 뿌듯하다

한과, 온갖 떡, 과일 차려놓고
차례대로 어머니께 절을 올린다
가녀린 몸으로 팔십 성상 버텨온 어머니
우리들의 소중한, 자칭 '껍데기'
아버지 돌아가시고 나니
어머니가 장군이다

알맹이 대표로 더욱 큰 효도 약속하는
장남 목소리 듬직하고
꼬마 아가씨 큰딸은 어머니 앞에서 재롱 떠느라
'어머니' 노래 부르고

친척 어른들과 피붙이들 사랑의 미소 나눈다
손자 손녀 사랑에 만 원 배춧잎을 계속 나누어주니
어머니는 부자이고 아이들은 시끌벅적 천국에서 논다

어머니가 제일 좋아하는 훈제 연어에
날치알이 없어 섭섭한 미식가 어머니
연세 드시니 연한 아기 되어간다
날치알은 지금 당장 못 만들어드려도
명태 껍질처럼 마른 정강이와
살 빠진 우리 껍데기 엉덩이를 둘러업고
내 퉁퉁한 두 다리로 한 바퀴 돌고 싶다

이십 년 뒤에 백수白壽 상 차려놓고
청려장* 손에 쥐여 드리고
어머니 앞에서 '어머니' 노래 부르면
그때도 우리 껍데기는
늙은 딸이 예쁘다고 하시겠지!

(2010)

* 청려장: 통일신라 시대부터 장수한 노인에게 왕이 직접 청려장을 하사했으며, 명아주로 만들어 중풍에 걸리지 않는다는 지팡이. 지금도 백수白壽를 축하하여 정부에서 수여함.

인도 모드
-어머니·15

내가 가장 사람다울 때
어머니가 그리워진다
어머니는 내 꽃 중에서
'인도 모드'를 좋아한다
삶에 대한 뜨거운 희망의 분출
이파리가 화려한 꽃
아니, 모두가 행복하여 붉게 물든 연지 볼
붉고 붉어 향기가 피어나는 입술
어머니가 과천으로 떠나던 날
꽃들도 허리를 구부리고 있다
슬피 우나 했더니
이미 기진하여 죽어간다
어여뻐하던 임이 가신다고
꽃도 몸으로 울다 지는구나

(2010)

나는?
─어머니·16

팔순을 살아낸 축복의 어머니
요즘 부쩍 늘어난 존재감의 표현

어머니!
겨울용 점퍼와 티셔츠 사러 갈래요
─나는?

어머니!
허리가 아파 병원에 가야겠어요
─나는?

어머니!
이집트 그리스 터키 여행을 떠나야겠어요
슬며시 미소 짓는 어마마마
─나는?

(2011)

시인의 어머니
-어머니·17

껍데기에게 전화를 건다
시골 할매처럼 정겹게
"어미야, 자냐?"
"어미야, 자?"

갑작스러운 딸년의 장난에
어처구니없어 깔깔깔깔
"촌수가 바뀌었네, 따님. 하하하하!"
둘이서 박장대소

"나는 엄마 딸이니까,
내가 늙어도 엄마에게 아가야.
아가가 존댓말을 하면 아가가 아니야."
"따님, 안녕히 주무세요!"

오마니의 수준급 능청
정말 시인의 어머니로군

(2012)

어머니의 시간 여행
-어머니·18

아버지는 곰과 함께하지 않고
최 여사와 미래를 설계하였고
어머니는 바보와 함께하지 않고
윤 교장선생님 곁에서 고운 꿈을 꾸었지!
그래서 나처럼 똑똑하고 예쁜 놈이 나왔다
어머니를 즐겁게 하려고
이런 헛소리를 슬쩍 건네면
어머니는 "고얀 것, 미친년!"이라 한다
나는 어머니 앞에서
미친년이 되는 것이 좋다
시간이 느릿느릿 흘러가는 오후
나는 달팽이처럼 시간을 이고
똑같은 길을 터벅터벅 간다
이런 날에 어머니를 한 번만이라도 웃겨서
시간 여행을 시켜드릴 수 있다면
좋은 일이 아닌가
하늘에서 아버지가 폭소를 터뜨리나 보다
투명한 하늘에서 들려오는 익숙한 웃음소리
나도 피식 웃는다

(2012)

옴마니반메훔
-어머니·19

어머니!
오마니, 오마니, 옴마니!
옴마니반메훔, 옴마니반메훔
옴마니반메훔!
어머니를 부르는 호칭은
불교의 염불 소리
오마니는 부처님처럼
원하는 것은 무조건 들어주시니
오마니, 오마니, 옴마니
옴마니반메훔!
이 무슨 신기한 조화일꼬?

(2012)

어머니 그리고 터키의 별
-어머니·20

어머니!
밤하늘을 날아
터키로 가고 있어요
자다가 문득 깨어 보니
눈앞에 초대형 별들이
학예회를 하는군요
어둠 속에서 별을 세며
별을 그리기 시작했어요

어머니!
칠흑 같은 밤하늘에
주먹만 한 별이 하늘에서 놀아요
가끔 깨어 보면 유리창에 별만 가득한데
인간세계도 보여요
상어 떼가 밤바다를 가르며
날카로운 이빨을 드러내고
헤엄치는 것 같아요

어머니!
신화의 세상에서 깨어난 허무한 아침처럼
별이 하늘 위로 오르며 내가 추락하고
잠시 맛본 하늘 국자가 점점 작아져요
국자로 꿈을 퍼 올렸어요.
앙증맞은 꽃, 불후의 시와 평화
어머니의 건강 그리고 일상의 행복

어머니!
수많은 꽃별이 사라지고
내 꿈이 담겨있는 별을 세어보아요
오, 북두칠성 국자의 손잡이!
보이지 않아 상상하고 있어요
숨어 있는 보석 같은 나의 미래도
갈고 닦아야지요

어머니!
사랑을 시작할 거예요
온 세상은 밤하늘 꿈의 국자처럼

마법을 부릴 테니까요
인생을 더욱 사랑하게 될 거예요

(2012)

| 제2부 |

웃음 도가니

필자의 고교 시절의 가족사진

수지침
-어머니·21

어머니가 힘없이 속삭인다
-넘어졌어.
-괜찮아?
-옆머리가 복숭아만큼 부었는데
 엑스레이 찍으니 괜찮대.

딸이 분당으로 달려간다
어머니를 향해 달리는 고속화 도로
마음 가는 길이라 뻥뻥 뚫렸다
초여름은 해가 길어 신선하다

어머니 머리는 찌그러진 양철 깡통
살짝 부어올랐다 우그러들더니
다시 정상으로 돌아왔다
철통이 아니라도 다시 펴져서
엄마 머리통 구실을 하니 얼마나 고마운가

'최 자, 상 자, 환 자, 최상환 외할아버님
권 자, 경 자, 영 자, 권경영 외할머님

튼튼한 양철 깡통 머리를
어머니께 주셔서 감사합니다.'
어머니 머리에 수지침을 찌르며
"감~ 사~ 합니다!"라고 자꾸만 외친다

(2012)

어머니는 본점

-어머니·22

어머니의 육촌 동생인
정태 삼촌이 페이스북에 떴다
아니, 삼촌의 어머니가 떴다
오, 어머니!
삼촌의 얼굴에 삼촌의 어머니가 살아 있다
살짝 굽은 등에 푸근한 얼굴
어머니는 본점이고
아들은 지점이다

갈래머리 시절에
시골에서 오신 외할아버지 모시고
정태 삼촌네 집에 놀러 가곤 했다
하얀 모시 한복에 멋진 모자 쓰고
반짝이는 백구두로 단장한 외할아버지
외할아버지를 모시고 가면
극진한 대접을 받곤 했다

나의 어머니의 아버지인 외할아버지도
정태 삼촌의 어머니인 할머니도

모두 저세상으로 여행을 떠나셨다
본점이 사라지고 지점이 본점 행세를 한다
외할아버지가 어머니 속에 있고
할머니가 삼촌 속에 있다

내 얼굴을 들여다보면
어머니가 있다
어머니 얼굴은 미래의 내 모습이다
본점인 어머니로부터 새끼 쳤으니
내 것은 모두 어머니 것이다
그래서 내가 어머니의 지점이라고 하면
어머니는 그저 행복해하신다

(2013)

어머니의 표창장
-어머니·23

북두칠성이 나그네를 위로하는 밤
팔순 넘은 노모에게서 온 전화
마음이 허전하신 게다
어느새, 날갯짓하며 세월 여행하고 계신다
어머니는 딸년에게
표창장을 수여하셨다

"나의 이쁜 딸, 윤연모!
중국 심천, 마카오, 홍콩 여행에서
복통을 앓던 아주머니를
수지침으로 구해준 덕분에
어미가 귀빈 대접을 받았지

일본의 도쿄, 닛코, 가마쿠라, 오사카는
어미에게 환갑 기념 선물이었지
규슈섬, 벱부 온천, 구마모토의 아소산에
너희 자매와 함께 다녔지

여승들만 도 닦는 동학사, 보문사는

신선한 충격을 안겨 주었지
진분홍 배롱나무가 화사하고
여스님들의 피부가 불법처럼 눈부시던
지리산 대원사에서
네 아버지를 잃은 슬픔을
조금이나마 달랠 수 있었지

안성의 바우덕이 축제에서
어미의 축제인 양 행복했지
유채꽃이 아름다운 제주도에도
여러 번 다녀왔지
경주 불국사에서 잔칫상 한 상 대접받고
막걸리에 기분 좋게 취했지

귀하는 어미가 두 다리 튼튼할 때
세상 구경을 함께하느라 수고했으므로
이에 표창장을 수여한다
하하하!"

어머니가 주신 상장을
마음 높은 곳에 걸어두니
흐뭇하다

(2013)

달팽이와의 동거
-어머니·24

어머니는 꽃을 좋아하신다
어머니 막내딸 같은 작은올케가
자신만큼 귀여운 시클라멘을
어머니 경대 위에 올려놓았다

어머니는 집 없는 달팽이와
동거를 시작하였다
신기하여 그 녀석의 물컹한 몸을 쿡 찔러보았다
"엄마, 달팽이가 엄마를 좋아하나 봐요."
"힘없는 내가 불쌍한가 보다."

자기 연민에 빠진 어머니의 독백
어머니 앞에서 쇼를 연출하는
달팽이가 한없이 부럽다

일터에 가지 않고
눈부시게 노란, 단풍 든 절정의 길을 지나서
어머니와 노래방에 가서
어머니가 애창곡 '칠갑산'을 부른다면

울 엄마가 최고 가수라고 너스레를 떨 텐데

(2013)

웃음 도가니
-어머니·25

껍데기 옆에 누웠다
도란도란 이야기를 나누다 보니 잠을 잘 수 없다
스스로 잠을 청하는 주문을 외운다
"한 놈, 두식이, 석 삼, 너구리, 오징어, 육개장,
칠면조, 팔다리, 구두창, 쨍그랑"

주문을 두 번 외우니 어머니가 화답한다
"한 놈, 두식이, 석 삼, 너구리, 오징어, 육개장,
칠면조, 팔다리, 구두창, 쨍그랭"

맨 끝 단어 '쨍그랑'이 '쨍그랭'이 되었다
경주 가이드 아가씨의 '12지신' 사투리 발음이 떠오른다
"자축인묘진사오미신유술혀~"
어머니께 한 번 읊어드리니 폭소를 터뜨린다

말꼬리만 살짝 바뀌어도
자신만의 코드 같아서 매력적이다
한밤 두 시에 웃음 도가니 맛있다

(2014)

우리들의 축제
-어머니·26

목련꽃이 흐드러지게 피고
개나리 진달래 벚꽃이 온 천지에 가득하니
아버지가 하늘로 이사 가신 날
그날의 슬픔과 혼란이 파도처럼 밀려온다

삼백예순 날씩 스물다섯 해를 보냈으니
구천백이십오 일
아득한 날들이 풀꽃처럼 피고 졌다
그날만 생각해도
동해 바닷가에 어두운 폭풍과 해일이 몰아치고
쇳덩이에 짓눌리니
눈물샘에 촉촉한 것 괴고
뜨거운 것에 온몸이 전율한다
아버지는 아직도 예순한 살
오늘 눈을 뜨신다면 나와 무슨 대화를 나누실까?

가슴에 그리운 아버지 방과
부모님 방, 자식들 방, 손자들 방을
오롯이 가꾸는 어마마마

오늘 저녁에 우리 껍데기와
아버지의 공동작품이 모두 출동하겠구나
아버지는 안 계시고 어머니는 연로하시니
혹여 어머니 생명줄 어찌 될까 봐
온 마음이 안테나를 높이 뽑아 들고 있다

아버지의 하늘 집을 방문하며
우리는 한 번씩 더욱더 사람다워진다
형제가 모이면 껍데기는 알맹이들 한 번씩 더 안아보고
그 옛날의 영광과 향수에 젖게 되니
어머니와 우리 형제들에게
아버님 기일이 소중한 축제로 발효되었구나
어머니가 여우 눈빛으로 나를 지긋하게 바라보니
어머니와 어찌 헤어질 수 있을까?
어느 연인이 그처럼 간절한 눈빛으로
구애를 할까

(2014)

내 껍데기가 기뻐한다면
-어머니·27

자식을 위해 당신 간도 빼주시던 어머니
힘없는 아기가 되어 입원하여
박카스도 마시고 싶다고 한다
딸내미가 돈도 드리고
코도 떼어드리겠다고 너스레를 떨어 본다
갑자기 뱃심 좋은 웃음소리가 들려온다
꽃구경 말고 별로 즐거울 게 없는 어머니를 자극한 게다
내 껍데기가 기뻐한다면 코라도 떼어주고 싶다
그런데 내 코를 떼어주면
어머니는 코가 두 개라서 괴물이 되고
나는 코가 없으니 괴물이라고 슬쩍 도망을 친다
어머니는 코를 떼어 붙이면 둘 다 아프니까
그만두라고 하신다
어머니는 세상을 다 얻은 듯 기뻐하신다
"그러면 콧구멍 한 개는 어떠세요?"
어머니 앞에서는 허풍 떠는 것도 행복하다
내일은 코를 떼어주러 어머니께 가야겠다

(2014)

알맹이와 껍데기
-어머니·28

알맹이와 함께 목욕하고
말간 얼굴로 쉬고 계신 나의 껍데기
세상에 어떤 아기가
이리도 예쁠 수 있을까
셀프 카메라로 이 순간을 남기기 위해
어머니 뒤로 가서 함께 쿡, 쿡, 쿡
고민과 고통마저 씻겨나가서
무공해 청정 어머니의 아름다움을 건졌다
어머니를 바라보고 있으면
어머니와 서로 눈을 맞추면
온 세상이 침묵 속에 정적
우리 둘만 보인다
오, 당신의 이름은 어머니!

(2015)

호랑이 어머니
-어머니·29

초등학교 시절에
연분홍 새 원피스에 감물 들었다고
못내 아쉬워하시더니
공책을 엉망으로 썼다고
회초리로 다스리던 호랑이 어머니

어머니 앞에서
꽃처럼 노래 부르며 재롱떨고
사랑의 회초리에 눈물 흘렸지
어머니 사랑 덕분에
지금 훈장으로 살고 있지

택시 뒷자리 어머니 옆에 앉아
어머니 차가운 손에 마음 상하여
어머니 손 데우려 주무르니
그저 손을 딸에게 맡기고 한 마디
"네가 운전하지 않아 좋구나."

회초리 드시던

젊은 날의 어머니가 그리워
어머니의 행복한 추억담 들으며
욕이라도 먹고 싶다고 어린양 떨어본다
어머니 왈,
"보기도 아까운 것을 왜 욕을 하니?"

(2013)

어머니의 고향
-어머니·30

어머니의 고향 진안에 오니
어머니 피를 만들고
나를 만들어준 암마이산의 정기에
내 몸의 피가 끓고
감성이 서서히 일어난다

백제 천년 사찰 금당사
천년 묵은 찬불가가 흘러나온다
먼발치에서
잠시 백제 시대로 들어가니
하얀 옷 입은 선인들이
백제 마을에 왔느냐고 말을 건다
저 절에 다니시던
허리가 구부정한 외할머니도 보인다
나의 시작은 아마도 이곳일지 모른다

대웅전 법당에 들어가
정성껏 삼배를 올리고 읊조린다
"부처님!

어머니가 꼭 백 세까지만
덜 아프며 살게 해주세요.
다른 소원은 빌지 않겠나이다."

(2014)

쌍꺼풀 여왕
-어머니·31

여든네 살에 아기가 된 어머니
눈꺼풀이 겸손하게 내려와
눈 뜨기도 귀찮아한다
천방지축 큰딸이
용기를 내어 어머니에게
안검하수 수술을 제안한다

죽기를 각오하고 몸에 칼을 대니
쌍꺼풀 여왕으로 다시 태어난 어머니
어머니는 거울에게 묻는다
-거울아, 거울아!
　이 세상에서 누가 제일 예쁘니?
거울이 된 큰딸이 냉큼 받는다
-그야 물론 최정임 여사님이죠!

힐끔 큰딸을 올려본 어머니
눈을 더욱 크게 뜨고 반박한다
-아니야, 오늘 내가 낳은
우리 큰딸이 제일 예뻐!

-으응?! 아이고, 좋아라!

오늘 생일을 맞이하여
심청이 아닌 윤청이 되어
쌍꺼풀 여왕과 농을 주고받는다

(2015)

어머니 강아지
-어머니·32

어머니 강아지가 되고 싶다
어머니 손에 폭신한 강아지를 쥐여 드리며
강아지 이름을 연모라고 불러달라고 한다
어머니의 낭랑한 목소리가
병실에 울려 퍼진다
"연모야! 연모야-!"
건너편 병상의 할머니도
"연모야! 연모야-!"
온종일 부르신다
어머니 딸이 병실 공동의 강아지가 되었다

(2015)

어머니의 미소
-어머니·33

어머니는
수만 편의 시이다

노년의 어머니는
아름다운 청춘 시절을 사신다

당신의 미소가
봄날 진달래처럼 눈부시다고 하니
네 아버지도 그랬다고 한다
어머니 꿈속에서
딸도 포근해진다

가장 수수하고 따뜻하고
경이로운 시어, 어머니

(2016)

어머니 종교
-어머니·34

세상에 '어머니 종교'가 있을까?
믿고 의지하는 것이 종교라면
어머니는 분명 나의 종교이다
어머니의 웃는 얼굴만 보아도
그저 기쁨으로 얼굴이 허물어진다
어머니가 세상의 중심이며
어머니가 삶의 연꽃을 피우게 해주시니
어머니는 살아 있는 부처이다
절에 가끔 가더라도
삶을 바르고 행복하게 영위하는 것은
진정 향기로운 당신 덕분입니다
오, 어머니!

(2016)

연약한 꽃

-어머니·35

꽃을 보고 있으면
떠오르는 어머니

당신은 꽃 같아서
매일 물주고
잎 닦아드리고
마음속으로
아니, 사랑한다고 외치면
이내 꽃처럼 피어나는 어머니

노년의 당신은 연약한 꽃
영원히 사는 꽃은 없을까요?

(2016)

눈물의 답가
-어머니·36

아픈 어머니 곁에서
이틀 밤을 보내고
오늘 밤에는
일상으로 돌아간다고 하니
어머니의 맑고 예쁜 눈에서
눈물이 주르륵

아파서 말수가 줄고
눈빛으로 진실을 캐고 낚는 어머니
어머니 눈물의 답가로
어미 품 떠나는 강아지처럼
깨갱거리다 종래 눈물이 주르륵

헤어질 때
어머니의 진국 한마디
-넌 내 딸이야!
-어머니 딸이라서 행복해요

(2016)

꿈

-어머니·37

꿈에서도
아기마냥 엄마만 따라다닌다

하아악, 하악!
하얗고 시커멓게 멀어지는
어머니 그림자

하아악, 하아악, 하악!
꿈이라도 두렵다

이 세상에서
나의 근원과 떨어질까 봐
숨이 멎는다

(2017)

빗소리
-어머니·38

오랜만에 봄 가뭄을 해갈하며
추적추적 내리는 비
어머니도 이 빗소리를 듣고 계실까?

이른 아침 비 내리는 교정
리기다소나무에 숨어
가냘픈 목을 돌리며
목욕하는 참새들

어머니가 좋아하시던
어머니 방 창문가 후박나무에
날아들던 새들도
지금 지지배배 노래하며 목욕할까?

이 순간, 어머니와 함께
너희 노래를 들을 수 있다면
세상의 어떤 노래가
이보다 더 아름다울까

(2018)

삶의 위안
-어머니·39

어머니가 얼마나 기다리시는지
꿈속에서 "연모야! 연모야!" 부르신다
화들짝 놀라 잠에서 깨어나
어머니 사랑을 받으러 간다

딸내미를 보자마자
두 눈을 더 크게 뜨시니
어머니 두 눈이 정말 예쁘다
아기보다 더 사랑스러운 어머니
아가와 연로하신 엄마는 공통점이 많다

휠체어를 밀어드리며
'앉으나 서나 당신 생각'을 함께 부른다
어머니는 아직도 아버지를 애타게
그리워하시나 보다
딸은 '당신'을 '엄마'로 바꾸어 부른다
현실에서 마음속의 아버지보다
어머니가 삶의 위안이고 보람이다

(2018)

사랑의 대명사
-어머니·40

힘이 없어서
눈마저 감고 계시는 어머니
딸이 휠체어를 밀며
자신이 어머니를 칭송하여 만든
'어머니' 노래를 불러드리면
어머니도 노래를 부르신다
아니, 흥얼거리신다

어머니에게 노래는 최고의 오락이다
어머니 노랫소리가
너무 가냘프고 아름다워서
내가 해드릴 수 있는 것이
고작 노래 불러드리는 것밖에 없어서
가슴이 시리도록 아프다

'어머니'는 호칭이 아니라
지상의 지고지순한 가장 짧은 노래이다
'어머니'는
세상에서 최고의 찬사이며

사랑의 대명사이다

(2018)

제3부

어머니 항공모함

부모님의 다정한 한 때

가을에는
-어머니·41

어머니가 하늘 문 앞까지
무려 세 번 다녀왔다
어머니가 하늘 문을 노크할 때마다
내 심장이 쪼그라든다
아침이 되면 조금 열린 푸른 창으로
희망이 빛 송이처럼 눈부시게 밀고 들어와
어머니의 긴 신음마저
빛과 합주하는 노랫소리가 된다
어찌해야 예전의 최 여사를
다시 만날 수 있을까?
어머니를 끌어안고 생명 전쟁터에서
온 여름을 보낸다
가을에는 낙엽이 아름다운 숲길을
최 여사와 함께 거닐고 싶다

(2018)

찰나의 이별

−어머니·42

어머니가 딸내미 이름을 부르더니
삼 분짜리 여행을 떠나셨네요
찰나가 영원으로 흐를까 봐
온 세상이 뒤흔들리게 울부짖었지요

영감, 마누라 찾으며 어머니와 함께
노래할 수 없다면 어찌할까요?
노래 속에서는 어머니께
뒤뜰의 병아리 보약에 곁들여
낙타, 사자, 호랑이, 물개도 드렸지요

휠체어 탄 어머니께
노래도 들려드리지 못하면 어찌할까요?
연모가 제대로 모시지 못하여
눈물로 용서를 빌고 있어요
생명 지킴이 딸내미가 있으니
오늘 밤은 푹 주무시고
내일 아침에는 함께 노래 불러요

어머니가 장난삼아
제 손을 아프게 꼬집을 때 좋았는데
언제 꼬집어 주실는지요?
정신력이 엄청난 엄마!
엄마, 힘들어도 파이팅!

(2018)

껍데기의 귀환
-어머니·43

예지몽이라도 꾸어 볼까 애쓰며
밤새도록 어머니의 귀환을 점쳤지요
새날 아침에
예전 아가의 모습으로 돌아와서
잠시 펑펑 우시는 어머니
혼자 슬쩍 떠나셨으니
얼마나 외롭고 서러우셨을까요?

천국 여행이 어떠셨냐고
차마 묻지 못하였지요
푹 주무시고 나니 기분 좋으시냐고
눈물 줄줄 흘리며 유머를 날렸지요

당신의 알맹이들과 온 가족이 모여
껍데기의 귀환을 축하해 드렸지요
어머니께서 안 오시면
천국 경찰서에 수소문해서
무단가출이라며 모셔오려고 했어요

어머니!
마중 나가지 않아도
돌아오셔서 장하십니다
당신은 언제나 자랑스러운 어머니이십니다
우리는 다시 함께 갈 수 있어요
어머니, 사랑합니다!

(2018)

빛 소나타
-어머니·44

택시 승차장 지붕에서
빗줄기가 낙하 공연한다
비를 맞기는 싫어도 지상의 예술이다
천둥과 번개가 부지런히 쳐도
저 두꺼운 천장을 뚫지 못한다
어머니를 공격하는 병균들이
운명의 장난을 쳐도
어머니를 뚫지 못한다
어머니를 태우던 휠체어에 앉아서
마음의 평화를 느낀다
병원 차도에서 철없이 노는
물방울들의 탄성과 빛 소나타에
어머니의 가녀린 호흡과 내 눈물을 비빈다
내일은 어머니의 환한 미소에
밝고 예쁜 딸년의 웃음소리로 화답하리라

(2018)

사랑한다는 것은
-어머니·45

사랑한다는 것은
오롯이 책임을 지는 것이지요
책임을 진다는 것은
잊지 않는 것이지요
잊지 않는다는 것은
있어야 할 시간과 장소에서
함께하는 것이지요
당신의 침상을 지키며
당신이 주신 사랑
눈곱만큼이라도 돌려 드리고파
안간힘을 쓰고 있어요
어머니 생명 앞에서
다른 모든 것이 사치가 되고
빛을 잃어 가치마저 잃지요
도대체, 당신 생명 앞에서
그 무엇을 내세울 수 있을까요

(2018)

어머니의 탈출
-어머니·46

어머니가 꿈에서 이불을 박차고
중환자실을 탈출하였습니다
작은 아기가 탈출하더니
몸이 커졌습니다
꿈이 현실이 되었습니다
어머니 몸 상태에 따라
하루는 울고 하루는 웃고
법당에 가서 쓰러져 울며 기도하고
어머니 앞에서는
어린아이가 되어 노래하였습니다
중환자실이라는 곳이
생과 사를 가르는 데라서
남들이 이별의 슬픔을 겪는 것을 보며
감히 그들의 고통을 가늠해 보았습니다
어머니는 태풍에 미동도 하지 않는
푸른 노송입니다
건강해진 어머니와
꿈길 말고 꽃길을 거닐고 싶습니다
어머니, 파이팅!
(2018)

어머니의 존재
-어머니·47

순간이 영원처럼 길어 울부짖고
갈림길에서 헤어질까 아팠던 그 길
절대로 떠나보낼 수 없어
여린 숨결에도 숨 멎던 혼돈의 숲

홀로 병마와 싸우시는
어머니 앞에서 숙연하다
아, 나의 기원이며
행복의 근원인 어머니!
한밤만 자고 나면
어머니는 다시 꽃 같은 미소 띠며
새끼들을 토닥여주실 것이다

집안의 최고 어르신인
사랑하는 어머니의 존재만으로
자손들은 어머니께 감사하며
기껍고 당당하게
삶을 이어갈 터이다

(2018)

어머니의 보약
-어머니·48

어릴 때 먹던 음식은 삶의 보약이다
어머니께서 끓여 주시던 팥죽
푹푹 끓던 큰 솥단지에서
하얀 차돌이 오르락내리락하여
어머니 치맛자락 잡고 시종 기다리면
어머니는 여지없이 그 하얀 차돌을 빼주셨다
심통 부리던 딸을 달래기 위해
어머니가 달여 주시던 보약이 생각난다
오늘 그 어린 날의 어머니를 그리며
분식집에 들어가 수제비를 시켰다
어머니 냄새는 맡을 수 없어도
호박과 감자가 있어서 예쁘고 맛있던
어머니의 수제비라 착각하며 먹는다
볼이 삐죽삐죽 울 것 같은 딸에게
어머니가 보약을 주신단다
-연모야, 수제비 끓여 줄게. 일찍 오렴!
-네~! 엄마!
대답하며 냉큼 학교로 달렸다
다 커 버려 이제 철없이 화도 못 내고

어머니가 연로하셔서 보약을 안 달이시니
먹을 수 없어 서글프다
언젠가 한 번은 하도 추워서
어머니 뱃속으로 다시 들어가
보약 먹는 꿈을 꾸었다

(2018)

꽃나무 1호

-어머니·49

어머니가 이 땅에 살아 계시니
어머니께 축복이고 자식들에게 영광이다
어머니가 안 계시는 세상이란
오아시스 없는 암담한 사막이다
어머니와 세상 이야기마저 나눌 수 없고
어머니가 내 이름도 불러 주지 않는다면
이 세상에서 나의 존재는
물에 젖은 지푸라기나 될까?
마른 화분의 목마른 화초나 될까?
어머니는 자식들에게 안식처이며
생명력 넘치는 산소 탱크이다
알맹이들이 사랑을 무한하게 바치고픈
꽃나무 1호이다

(2019)

나의 어머니, 최정임 여사님 영전에

-어머니·50

하얀 국화꽃 속에 묻혀
어머니께서 지금 빛으로 떠서 계십니다
연분홍 안동포 드레스를 입고
예쁜 향나무 집에 몸을 누이고
또 다른 별을 향해 떠나십니다
상법 스님의 낭랑한 법문 소리로
당신을 환하고 밝은 길로 인도합니다

눈에 넣어도 아프지 않을
어머니의 알맹이들
영환, 연모, 숙란, 지환, 사위, 며느리,
손주 나건, 나빈, 성빈, 수현, 민재는 어찌하라고
그렇게 먼 길을 홀로 외롭게 떠나십니까?
돌아오실 수 있으면 돌아오세요!
뱃사공에게 수고비라도 건네주시고
검푸른 물결 젓고 저어 이승으로 건너오세요!

거센 바람이 부는 이곳
당신을 잃어 죄인의 얼굴로

죄인의 상징인 하얀 머리핀을 꽂고
미친년이 되어
이승을 터벅터벅 걷고 있습니다
어미를 잃은 새끼에게
밥알은 맑은 물속에 침잠한 굵은 자갈들 되어
입안에서 떼굴떼굴 굴러다니고
당신 딸내미도 중간세계에
한쪽 발을 걸치고 있습니다
어미를 잃은 천하의 죄인은
따라가지 못함이 원통하여
혼돈과 고통의 세상에서 웁니다
하지만 홀로 먼 길을 떠나시는 어머니와
감히 비교나 하겠습니까?
도대체 어떤 나쁜 신이
어머니를 모시고 갔을까요?

어미와 새끼 사이의 숭고한 사랑!
감정의 장대한 산맥이 끊어질 리 없는데
알 수 없는 불가항력이 어미와 새끼를 갈라놓아

슬픔에 억장이 무너집니다
이제 당신을 이 세상에서 다시 만나지 못하고
얼굴도 부비지 못하고
사랑스러운 눈길도 맞추지 못하고
입맞춤도 하지 못하고
코 맞춤도 하지 못하고
함께 운동도 하지 못하고
당신의 사랑스러운 노래와 밤 인사도
들을 수 없습니다

당신은 이승으로 건너오지 못하고
알맹이들은 함께 따를 수 없음에
당신의 알맹이들은 부끄러움도 모른 채
꺼억꺼억꺼억 울어댑니다
당신의 얼굴을 뵐 때마다
당신을 마음 밭에 떠올릴 때마다
매일 부르던 '어머니' 노래 대신에
다른 별로 가시는 당신 앞에서
'꺼억꺼억꺼억' 비창을 부릅니다

어머니란 시어 대신에
어머니 당신의 고귀한 이름 대신에
오늘은 어미 잃은 새끼가
그저 꺼억꺼억꺼억 울어댑니다

오, 어머니!
어머니께서 베풀었던 곧고 따뜻한 가르침이
높고 높아 빛이 납니다
당신께서 다 보고 듣고 계신 것을 잘 압니다
저희가 당신 세상으로 건너갈 때까지
당신의 사랑스럽고 초롱초롱한 눈망울을
기억하겠습니다
어머니, 사랑합니다!
어머니, 존경합니다!
어머니, 감사합니다!
어머니, 안녕! 안녕!

(2019)

어머니 항공모함
-어머니·51

베고니아는 이렇게 피어 있는데
어머니 꽃은 어디로 가셨나요?

돌아가신 아버님 곁에 어머니를 쉬게 하고
돌아와서 베란다 바깥 하늘을 올려다보니
어머니께서 상계동 하늘 바다에
거대한 항공모함으로 떠서 계십니다
어쩌면, 저 항공모함에
탈 수 있을 것 같습니다
헤엄이라도 쳐야겠습니다

이제는 부질없는 베고니아꽃이
주렁주렁 열려 생명을 자랑합니다
해마다 꺾꽂이로 꽃 식구를 늘렸는데
어머니 꽃도 꺾꽂이하면 안 될까요?
하지만 광풍이 이미 지나갔습니다
수많은 번민에 휩싸입니다

이 아침

나의 껍데기인 어머니 꽃의 부재에
나의 존재가 부끄러워 그저 눈물만 흘립니다
아, 어, 머, 니!

(2019)

쌀파레
-어머니·52

어머니는 생전에
예쁜 꽃만 보시면
그 꽃을 입양하셨습니다

분홍 양란 '덴파레'를 사 오시더니
언어유희를 즐기셨습니다
"쌀 사러 갔다가 덴파레를 사 왔으니
네 별명은 '쌀파레'란다."

오늘은 덴파레를 꼭 닮은
꽃자주색 만천홍 한 송이가
마치 어머니인 양, 당신 딸내미 보라고
꽃가지에 매달려 있습니다

오, 어머니!
당신은 떠나셨는데
모든 형상이 당신입니다
어찌하면 좋을까요?

(2019)

극락의 후식

-어머니·53

어머니!
당신은 지금 어디에 계신가요?
당신 모습은 어디에도 없는데
당신 흔적은 어디에나 있어서
감히 얼굴을 들 수 없습니다

당신과 상관없는 듯
딸년은 밥도 먹고 잠도 자고 TV도 보고
하늘도 올려다봅니다
하물며 물리치료도 받으러 갑니다
도대체 산다는 것이 무엇일까요?

여고 시절
밥을 굶고 집을 나서는 딸에게
꿀맛 나는 비빔밥을 손수 떠먹여 주시고
안 먹으면 학교도 못 간다고 하신 당신!
비빔밥은 천상의 음식이었지요
저는 어떻게 당신께 음식을 드릴까요?

절에서 사십구재를 모시니
음식도 공양간에서 차립니다
당신께서 즐기시던
커피, 초콜릿, 맥주, 아이스크림은
제가 올리겠습니다
극락에서도 후식을 드시는지요?
평소처럼 "으응!" 하고 대답해주세요

(2019)

맨발의 그녀

-어머니·54

어젯밤 꿈에
어머니를 보았습니다

푸른 들에서
젊은 날의 늘씬한 꽃모습으로
꽃무늬 투피스를 바람에 휘날리며
백옥 같은 맨발로 초원을 가볍게 거닙니다

신발 없는 그녀가 걱정되었지만
곧 자유로운 영혼의 상징임을 깨달았습니다
어머니 새집에 가면
풀밭에서 맨발로 걸어 보아야겠습니다

어머니께 미진하여 한스러운
죄인의 마음마저 먼지처럼 털어내고
어머니처럼 자유를 구가하여야겠습니다

(2019)

어머니 꽃
-어머니·55

어머니 삼우제를 지내고
사 남매가 우리 집에 모였다

베란다 천장 가까이 자라서
생명의 꽃다발을 주렁주렁 달고 있는
꽃베고니아를 오빠가 물끄러미 본다
"어머니! 늘 평안하시고 건강하세요!"
꽃에 매단 리본이 무심하게 펄럭인다
"나도 어머니 꽃으로 베고니아를 사야겠어!"
사겠다는 둥 꺾꽂이하여 주겠다는 둥
나도 달라는 둥 정겨운 실랑이 한 판

수유시장에 가니
베고니아가 동그마니 앉아
새 주인을 기다리고 있다
나를 기다린 듯 꽃을 잔뜩 피우고
수줍기까지 하다

오늘 한 일 중에

베고니아 입양이 최고의 선善이다

(2019)

어머니 애장품
-어머니·56

어머니 생전에 즐기시던
어머니 애장품이 도착하였다

어머니께서 모자를 즐겨 쓰셔서
패션 모자 컬렉션을 방불케 한다
디자이너 작은딸을 둔 어머니 옷은
세련되고 멋지다
어머니 옷을 가끔 입으며
어머니의 바른 가르침과
세상을 향한 따뜻한 마음을
곱씹어 음미해야겠다

염주, 시계, 보석, 책, 시디
어머니께서 쓰신 글 모음과 편지
남편과 자식들 편지 묶음들!
자식이 쓴 책과 음악 시디들이
어머니께 보물이라니…!

애장품을 보면

어머니 마음과 자식 마음이 한 가지이다
당신 마음에 고이 깃든 자식 사랑
하도 애틋하여 잠시 고개가 떨궈진다

(2019)

어머니 그리움 한 조각
-어머니·57

지갑을 정리하다가
말라서 누런 손톱 하나가 나왔다
눈이 시큰하게 아프더니
눈물이 쏟아진다

몇 달 전
어머니 손톱을 깎아드리다가
가장 큰 놈이 나와
쿡쿡 웃으며 나도 모르게
그 보물을 지갑에 넣었다

이승과 저승에 멀리 떨어져 있으니
어머니와 살을 비빌 수는 없어도
연결고리 하나를 찾았다

어머니를 추억하기에 좋은
어디에서도 구할 수 없는
어머니 그리움 한 조각

(2019)

인생 길잡이
-어머니·58

햇살이 눈부시게 쏟아지는
텅 빈 학교 운동장을 맨발로 걷습니다

혼자 있으면
불쑥 찾아오시는 어머니
어머니는 인생 나침반이셨습니다
더 나은 미래를 꿈꾸며 대비하라고 하시던
어머니께 저의 미래를 묻습니다

두 날개를 옆으로 활짝 펼치고
저의 현재와 미래를
어깨에 싣고 걷습니다
'빛으로 오시는 어머니!
앞으로 저는 무엇을 하고
무엇을 버려야 할까요?'

어머니를 가만히 떠올리면
인생 문제의 답이 떠오릅니다
극락에 계셔도

어머니는 자식들의 인생 길잡이입니다

(2019)

어머니 바람꽃
-어머니·59

일요일 이른 아침
사 남매의 가족이 모여
절에서 바람 목욕하며
마음을 닦습니다

청량한 대웅전 바닥에 앉아
스님의 낭랑한 법문을 들으며
어머니의 왕생극락을 기원합니다
'지장보살, 지장보살, 지장보살…'
당신을 향한 염원, 듣고 계시나요?
산들산들 불던 바람이 갑자기 쿵쾅거리더니
법당 문이 거세게 흔들립니다
어머니께서 상큼한 바람꽃으로 오셨네요

아, 어머니!
부처님께 백팔배를 올리는 자식들에게
어머니 바람이 온몸을 어루만져주십니다
위에서 내려와 감싸는 듯 미묘한 바람!
분명 당신입니다

시원한 바람이 내 몸에 닿으면
당신의 숨결과 손길이 느껴집니다

(2019)

소나무 숲에 우는 바람 소리
-어머니·60

마른기침을 하여
이 병원 저 병원 다니다가 떠오르는
어머니의 고통

어머니께서 힘들어하시면
고통을 나누고 싶었다
"어머니, 저에게 아픈 것을
절반만 넘기세요. 저는 젊으니
빨리 나을 수 있어요."
물끄러미 딸내미를 보시던 어머니는
단호하게 안 된다고 하셨다

어쩌면
당신 떠난 뒤 고통스러워할 자식에게
당신의 시적示寂*을 이해시키려는 의도일까?
'너도 아프니 힘들지? 그만 슬퍼하고
네 할 일에 최선을 다하렴.'

생生과 사死의 경계를 넘으니

아직도 어쩌지 못하고 밀려오는 애통함!
소나무 숲에 우는 솔바람 소리마저
어머니 기침 소리인가 하여 쓰라리다

(2019)

* 시적(示寂): 불교에서 부처, 보살, 또는 고승의 죽음

제4부

마법 우산

아버지 산소에 계신 어머니, 남동생 부부와 조카 나건이, 나빈이, 성빈이

꽃의 선견지명
-어머니·61

우리 집에는
어머니가 예뻐해 주시던
신통한 베고니아꽃이 있지요

키 큰 꽃베고니아가 올해 사월부터
무려 열한 송이나 열려서
꽃 주인의 '베고니아의 승천' 시집 출간을
축하해 주는 줄 알고 좋아했지요

어머니께서 하늘로 돌아가시고
그 소담한 꽃송이를 툭툭 꺾어
일주일마다 산소에 바치며 깨달았지요
베고니아가 어머니의 극락왕생을 미리 알고
그토록 소담하게 피워내고 있었다는 것을

피붙이인 저는 어찌
예견하지 못하였을까요?
베고니아보다 못한 딸년입니다
어머니께서 보고 계신다면

평소처럼 '연모, 바보!'라고 불러주세요

(2019)

소나기

-어머니·62

소나기가 요란스럽게 퍼부어
그 함성을 맞이하러 나갑니다

당신의 푸른 집에도
소나기가 당신의 오수를 깨우는지요?
가녀린 몸에 빗줄기가 싫지는 않으신가요?

어릴 적에 호기심 덩어리가 잘못하면
당신께서 대신 빌어주셨습니다
당신이 안 계시니
천둥소리마저 괜스레 두렵습니다

혹여 제가 방향을 잃고 잘못하면
어느 누가 대신 빌어줄까요?

(2019)

어머니 손길

-어머니·63

바람 한 점 없는 법당 안
스님의 낭랑한 법문 소리

요령 소리에 잠에서 깨어나
제단에 서 계시는 어머니

누군가 오른쪽 어깨를 툭 쳐서
돌아보니 기도 삼매경에 빠진 식구들뿐

천붕天崩의 슬픔으로 무위의 도를 닦다가
공허의 심연에서 길어 올린 당신의 손길

(2019)

목구멍의 가시

-어머니·64

『베고니아의 승천』시집이
힘겹게 알을 깨고 세상에 나왔다

어마마마께
시집이 곧 나온다고 자랑했는데
어린양 받아주실
어머니가 안 계신다

시집 냈다고
그윽하게 미소 지으며 봐주시고
예뻐해 주시며 칭찬해 주실
어머니가 없어서 원통하고
어머니가 하도 그리워 통곡했다

시집 제목이 마음에 걸려
목구멍의 가시처럼 박혀 있다
'어머니께서 승천하시다니요?
못난 딸년을 용서해주세요.'

(2019)

관습의 존재 이유
-어머니·65

MRI를 찍는다고
팔뚝에 주삿바늘을 찌르는데
따끔따끔 아프다
어머니가 살아보겠다고
팔뚝을 무장해제 당하셨다니
가슴이 더 아려온다

혹여 죽은 자를
염하여 관에 넣지 않는다면
혹여 죽은 자를
산 사람들 앞에서
땅에 묻지 않는다면
더러는 사랑하던 사람을 찾아가
옆에 누워 있을지도 모르겠다

엄청난 불가항력이
삶을 그저 공처럼 굴러가게 한다
세상에 관습이 존재하는 이유를
이 저녁에 알 것 같다

(2019)

기억 도깨비

-어머니·66

사후의 생신이 무슨 소용이 있을까요?
그래도 진분홍 꽃 속에
하얀 별꽃을 품은 부겐빌레아를
당신 여든아홉 번째 생신에 바치렵니다

당신께서 좋아하던 소갈비
당신의 남편과 자식들이 좋아하던 잡채
무엇을 요리해서
당신을 위로해 드릴까요?

당신께서 딸기를 오물오물 드시고
딸내미 얼굴을 만족스럽게 쳐다보던 모습
마치 당신이 기억 도깨비인 듯
가슴을 콩 때리고 도망갑니다

이곳이 이승인지 저승인지
생각이라도 자유롭게 드나들어
당신과 교감할 수 있다면 좋으련만

(2019)

마법 우산
-어머니·67

사십구재 중에서
여섯 번째 제사를 모시며
영정 속의 당신을 맞이합니다
방금 자식들에게 "잘했어! 내 새끼!
예뻐, 아주 예뻐!"라고 말씀하셨지요?
그리도 촉촉하고 슬픈, 큰 눈망울은
그리움과 아쉬움 때문이겠지요

빗줄기를 뚫고 날아가서
어머니 산소 앞에 서 있는데
부지런한 어머니께서 어느 틈에 오셔서
황금 우산을 씌워주고 계셨습니다
신비롭게 작열하는 마법 우산!

당신의 마법 우산으로 십 년 살고
당신을 그리워하는 힘으로
또 십 년을 살고
당신 자식이라는 자부심으로
또 십 년을 살다 보면

당신처럼 평안하게 승천하겠지요

이승에서 꽃 같은 어머니를 뵙기 위해
어머니의 마법 우산을
저희 마음 동산에 잘 펼쳐두었습니다
어머니!
수백 년, 수천 년 당신을 그리워하며
당신의 자랑스러운 자식으로 살겠습니다

(2019)

하얀 새와 수제비
-어머니·68

어머니가 진정 여행 떠나신다기에
불법佛法과 혼연일체 되어 지장보살을 염불한다
영혼을 위로하는 종정 예하 스님의 독경
스님들의 승무와 회심가가 지극하다
불법의 바다에 떠서 비상하려는 하얀 새!
어머니 영혼이 두 날개를 활짝 펴고
하늘 향해 발끝을 돋운 듯하다

이별의 말을 건네자니
걷잡을 수 없는 슬픔에
눈물 폭탄이 터졌다
아마도 어머니는 벌써
딸년 가슴속에 별장을 지으셨나 보다
와자지껄하여 미친 듯했던 하루가 저물어
다시 고독한 무대에 섰다

마들역을 여러 바퀴 돌다가
어머니가 끓여주시던 수제비를 생각해 냈다
어머니 손맛이 이 세상에 존재나 할까?

분식집 수제비를 꾸역꾸역 밀어 넣었다
김제 아주머니가 찐 가지무침과
새우고추장볶음을 덤으로 주었다
어린 시절 어머니께서 만들어주시던 음식!

어머니!
오늘 저녁은 굶지 않았습니다
가슴 아린 상처에 추억의 맛을 덧대니
최고의 약이 되었다

(2019)

눈물 풍선
―어머니·69

오늘도 검은 상복을 곱게 입고
어머니 시를 낭송하러 간다
이번에는 어머니 연작시를 낭송하며
엄마를 놓쳐 분하고 슬퍼하는
어린아이가 되지 않으리라
울음을 참는 프로가 되리라

둘째 연을 낭송하기 시작하니
벌써 감정의 방어선이 우르르 무너졌다
오늘도 어머니란 말 한마디에
위태위태하던 눈물이 봇물 터지듯 터졌다
어머니 사랑 앞에서
낭독마저 프로로 할 수 없다

그리운 내 어머니가 언뜻 떠오르면
나는 고작 아마추어가 되어
눈물 풍선을 터뜨린다
어릴 적 어머니께 시위하며 삐죽삐죽 울면
과일을 깎아 주시며

철없는 딸내미를 달래주셨다
오늘따라 어머니 단감이 못내 그립다

이제 아무리 울어도
어머니는 그저 마음속에 계신다

(2019)

어머니 실종 신고
-어머니·70

눈을 감아도 눈을 떠도
어머니가 그렇게 계신다

해 저물 무렵이면
어머니 침상에 다가가
아기가 엄마 가슴을 더듬듯이
어머니를 푸근하게 부르고
어머니의 그윽한 눈매와 마주하고
어머니를 주물러 운동시켜 드리면
어머니는 눈을 크게 뜨고 기뻐하셨다

뇌 한쪽에서
'어머니는 없어!'라고 소리친다
미친 듯이 가더라도
어머니가 안 계신다고 절규한다
'어머니 실종신고'를 해야겠다
이승에는 호적도 없다
극락에서 최정임 여사를 호명해야 한다

어머니가 나를 보시면
꽃 같은 미소를 띠며
그 가냘픈 몸으로
한달음에 달려오시겠지
그런데 극락을 어떻게 찾아가지?
인터넷에서 찾으면 극락 노선도가 있을까?

(2019)

백 일째 날의 기도
-어머니·71

어머니께서 우리를 떠나신 지
백 일째 되는 날 새벽
열대어만 깨어 분주한 새벽 다섯 시
아파트 문을 빼꼼히 열어 놓고
부모님을 생시처럼 기다립니다
열대어들은 어머니를 기억할까요?

열어 둔 현관문으로
바람처럼 거실로 들어오십니다
촛불 켜고 향 피우니
머리끝까지 경건함이 꽃으로 피어납니다
키우던 베고니아 꽃송이도 꺾어 바쳤습니다
메 진지, 뭇국, 갈비, 생선, 황태포, 전,
과일, 나물과 후식으로 맥주, 아이스크림,
초콜릿도 잊지 않았습니다
두 분께서 함박웃음을 지으시는지
그 미소에 사위가 밝아집니다

절에서 극락왕생을 기원할 때마다 만났던

어머니의 그 초롱초롱한 눈망울!
어느 보석이 그리도 애틋하고 아름다울까요
내 마음이 어머니께 통한 게지요
"어머니-! 어머니-!"
눈물로 당신을 부릅니다

영혼이 오셔서 위로하여 주시니
심장이 찢겨 구멍 난 마음이
순간 살짝 아물었습니다

(2019)

지푸라기 희망

-어머니·72

지하철을 타고
시 낭송 모임에 간다
오랜만에 휴대전화의 사진을 뒤지다가
어머니의 그윽한 눈동자를 만났다

어버이날에
어머니 곁에서 가장 예쁜 연모가
'어머니' 노래를 부른다
어머니가 그 고운 얼굴을 돌려
눈과 귀를 반짝이며 딸내미를 본다

어머니가 내 옆에서 호흡하신다.
감정 폭탄이 터져 폭포로 흐른다
갈아탈 역을 지나치고
대중들 앞에서
몰래 눈물 훔치는 것이 대수인가

터널 끝에 희망이 보인다
어머니 눈동자를 만나고 싶으면

동영상을 열면 된다
어머니는 딸내미가 원하면
지푸라기 같은 희망도 저버리지 않는다

(2019)

자유 통행권
-어머니·73

하늘로 이사 가시더니
마석의 푸른 집이 답답하신지
큰딸처럼 여행을 즐기시나 보다
땅 몇 평에 누워 명상에 잠긴 엄마가
어미를 잃어 마냥 공허한
딸의 심연의 바다로
공기층을 통과하듯이
통행권도 없이 들어오신다
내세도 이 세상처럼
요금소도 있고 국경도 있을까?
어머니는 길눈이 밝고
어디에서도 딸을 알아보시니
걱정할 일이 아니다

(2020)

나의 본향
-어머니·74

하얀 이빨이 번득이는 상어 아가리인가?
하얀 목화밭인가?
구름 속을 거닐면
알 수 없는 인생이 보인다
아득히 높은 곳에 숨어 있는
나의 본향도 떠오른다
오, 어머니!

어머니를
산속 집에 모시고 왔는데
그 이상 무서운 것이 있을까
그 이상 슬픔이 있기나 할까
구름 속을 산책하면
어머니가 숨어 있을지 모른다

구름밭 위로
하늘 저편 어딘가에 극락이 있어
어머니와 아버지가 계실지 모른다

(2020)

어머니별과 카푸치노
-어머니·75

공항 천장에 물고기가 노닌다
하늘길 정류장 꼭대기에 물고기라니
숨은그림찾기는 언제나 재미있다
이스탄불 신공항 문치 카페에서
어머니가 좋아하시던
카푸치노 한 잔과 샌드위치로
허기진 배를 달래고
어항 속 달팽이처럼 기어가는
시간을 덥석덥석 집어삼킨다
하늘에 떠 있는 지팡이, 금색 별, 붉은 태양이
크리스마스 축제의 흔적인 듯
상상의 세계로 이끈다
별만 보면, 하늘로 간 엄마가 궁금하다
엄마는 딸이 터키 신공항에서
어머니별을 찾는 것을 아시겠지

(2020)

어린 날로의 회귀
-어머니·76

마음의 옷을 한 겹 두 겹 벗으니
벌거숭이가 된다

나의 생명의 근원을 생각하고
반추하고 곱씹고 발효시켜
오롯이 정수를 뽑아낸다
어머니와 아버지의 그윽한 미소 속에서
그리움이 꽃으로 피어난다

아버지가 호통하시던 순간에
지나가던 바람도 잦아들었다
온몸이 얼어붙는 한겨울에
알다리로 데이트하고 들어온
딸아이의 얼어버린 손과 다리를
따뜻한 물로 녹여주시던
아버지가 마냥 그립다

햇살 가득한 오후
아버지의 따뜻한 손길을 느끼고

어머니 무릎베개를 그리워하는 것은
갈고 닦지 않아 순수했던 날들
어린 날로의 회귀이다

(2020)

달걀 머리도 아름답다

-어머니·77

엑스레이를 찍으러 가다 보았다
분주하게 환자를 싣고 가는 직원
슬퍼도 잔뜩 희망을 부여잡은 가족들
그리고 시베리아 벌판에 누워 있는 환자

딸이 독약을 드려도
엄마는 무조건 잡술 거라고
바보 소리를 건네면
엄마는 피식 웃으며 한마디 하셨다
-네가 주면 뭐든지 먹을 거야!
엄마의 믿음에 한바탕 함께 웃었다

반질반질 달걀 머리를 어루만지는 보호자
환자와 똑같이 생긴 그녀는 분명 딸이다
두 모녀가 보고 싶어 되돌아가서
슬쩍 훔쳐보았다
세상에서 가장 아름다운 모녀이다

우리 엄마가 달걀 머리라도

곁에만 있다면 신이 날 터인데
엄마의 동공은 어디서 쉬고 계실꼬?

(2021)

어머니는 살아 있다
-어머니·78

어머니는 새끼들 마음 밭에 살아 있고
내 생각이 머무는 별에 떠 있다

수십 년 동안 생일 때마다
시루떡과 미역국으로 아침을 챙겨주시고
팥떡 시루 앞에 앉아서 축원하셨다
음식에 마음 바쁜 딸년은
언제 끝날지 몰라
오월 꽃밭의 잠자리처럼
엄마 곁을 맴돌았다

시험 볼 때마다 빌어주셔서
찹쌀떡처럼 엿가락처럼 들러붙었으니
어머니가 바로 천년 주목이 아닌가
어머니를 향한 그리움이 햇살 받아
주목의 영롱한 붉은 구슬로 빛나고
엄마의 시루떡 추억만으로도 부자이다

하늘나라로 가신 어머니가

아무 때나 어느 곳에나 나타나서
새끼를 울리고 웃긴다
어머니가 순간이동을 하시는 게다
아니, 새끼들 뇌 속에 집을 지었다
어머니는 살아 있다
천년 주목처럼

(2021)

소풍
-어머니·79

어버이날이 짐짓 마음에 걸려
산소로 소풍 간다
창자가 끊어지는 고통으로 어미를 하늘에 묻고
슬픔이 아직 젓갈처럼 곰삭지 않았다
산소에 초막도 못 짓고 삼베옷도 못 입어도
어린 날처럼 봄 소풍을 간다

부모가 세상 살아가는 잣대였고
어린 날의 천국이었으니
세상이 그날에 멈추어 있다
어버이의 산속 집에 소풍 가면
영혼이라도 딸내미에게 스치지 않을까?
혼자 숲속의 나뭇잎 되어 두런두런

부모님은 평생 자식을 돌보았는데
고작 삼 년, 일 년에 열두 번
술을 따라 올리지 못할까
붉은 장미, 노란 장미를 심어드렸으니
자식을 사랑으로 키우셨듯

장미꽃도 연모인 양 돌봐주실 터이다

이상한 것은
소풍인데, 눈물이 난다

(2021)

개미 왕국
-어머니·80

개미 왕국에 가본 적이 있는가?
초록색 잔디가 밤하늘이고
개미들이 별이라면 별천지이다

사과가 기부 천사이다
부모님 상석에 올리려는 사과가 벌레 먹어
툭툭 잘라 풀밭에 던진다
사과와 배 왕건이에
왕개미들이 새까맣게 붙어 항해한다

아버지와 어머니가 또 알려주신다
먹을 것이 있어야 사람들이 모이니
무엇이든 나누어 먹으란다
삶에 '고수레! 고수레!'가 필요하다

(2021)

화석 꽃이 되어

-어머니·81

우주에서 억겁을 맴돌던
아버지와 어머니가 만나
사랑 꽃을 피워 내가 잉태되었다
어머니 뱃속에서
싹을 틔워 천년을 자라고
어머니 아버지 그늘에서
단세포 생물이 삼천 년을 자라니
어엿한 사람이 되었다
내가 죽으면 부모님 무덤가에
화석 꽃이 되어 피고 지며
그 사랑에 무량억겁 감사하리라
이제 화석이 된 당신 사랑의 울타리 안에서
기약해 보는 더 나은 사람
더 나은 미래

(2021)

| 제5부 |

Poems in English

My Mother's Time Travel

Written and translated by Yoon, Yeon Mo (Elizabeth Yoon)

사랑하는 어머니와 함께한 필자

These poems are dedicated to my late mother,

Mrs. Choi, Jeong Im.

My Mother's Wing Strokes
- Mother • 3

You live your life
Embracing the pitiful dove in your bosom,
Which has thoroughly got wet in the rain.

You have your four precious infants,
One of whom is your big young fool
Making you awfully anxious.

You struggle with your wing fluttering
To try hard to let the baby fly from your bosom.

You whisper, to live is to leave trace
And it should also pick up hope
Over where it does want to fly.

(2000)

My Mother Is a Queen
- Mother • 4

Having her eldest and reliable son,
Mother, who has eaten "Buldojang soup"
Stewed with ten kinds of delicacies,
Must be truly happy and satisfied.

As people say, people blow a trumpet, thanks to the tribal chief,
All of my sisters and brothers gathered
At the "Eight Fairies" restaurant
Of the Silla hotel at year-end as well.
My mother has been a queen for over ten years
Since my father passed away.

The price for one meal is said to be
One million one hundred eighty thousand won*.
And then, what a price of filial piety
Mixed with fraternal love it is!

People say, a monk practicing Buddhist doctrines
Had this food, jumping over the temple's wall to escape.

I, however, can't do that, envying my mother

Who has such a magnanimous son.

(2000)

* won: Korean Won, Currencies

My Mother's Spring Day
- Mother • 5

My mother gave birth to me
And now she buys some suits for me.
Thanks to my mother,
My heart becomes a flower garden in spring.
I can't wear the suit with my own courage
But I do wear it thinking of my mother.

As I planted some azaleas and begonias
For my late father at his grave,
I found a white cicada larva with its body rounded.
I felt disgusting but I touched the gross one boldly
For my mother, and my young nephews and niece.

"When your aunt was a child,
She used to hold on tight to an earthworm.
She was tremendously curious."
I feel happy because of my mother's face
Indulging in some reminiscence.
In front of my mother,

I'm always an elementary schoolgirl.

I wear this splendid suit
Not because of my cheerful personality
But because of wanting to do cute things
In front of my mother.
My mother is still reforming my character, even now.

(2001)

The Buddhist Goddess of Mercy

- Mother • 10

My mother is her children's Buddhist Goddess of Mercy,
Looks ahead into all of their lives and surpasses more than them,
And lets them seize the day
Designing a decade from now.
She fingers her prayer beads today, and her feeble fingers
Will be moving ten years later, and twenty years later.
I'd like to wrap her fingers with my hands tightly
In which she'll be touching her prayer beads
Thirty years later as well.

(2004)

A Face of the Plain

- Mother • 11

On my way to Drumheller in Canada,
I closed my eyes with my heart free
In the cobalt colored sky.

A certain image calls to me
Again and again in the golden Prairie.

It suddenly comes to me from the horizon far away,
And makes the field a warm spring.
So, I wear love-clothes of my mother.

As I gently opened my eyes,
The Prairie was wholly enveloped
In my mother's face.

(2004)

A White Poodle

- Mother • 13

She whom I haven't seen in a while resembles a white poodle.

Shaking the tip of her nose, she smells the fragrance of rosemary.

I have had her hair dyed ebony to radiate youthfulness

With my elder sister-in-law, and now I'm taking a bath with her.

I can still smell my father enough in her.

She takes a shower like my father,

And will not toss her undergarment even with a hole in it,

Which my father bought for her sixteen years ago.

On her white face rises a sweet-smelling laughter.

(2005)

My Mother's 80th Birthday Party

- Mother • 14

In the sweltering heat of August, it's for certain
Everyone must've been busy getting all dolled up from the morning.
At a hotel in Gangnam,
We all got together, sons and daughters my mother had given birth to,
Son-in- law, daughters-in-law, grandsons and granddaughters,
Nieces and nephews, and my extended family
To congratulate my mother's 80th birthday.
This pleased me with an overflowing joy
And affection for my mother.

Preparing some Korean cookies, all kinds of rice cakes and fruit,
We made a deep bow to our mother in turn.
She who calls herself a shell of her children
Has been slim for eighty years,
And an admiral since my father passed away.
Her elder son is quite reliable in guaranteeing to be filial piety
As the representative of her descendants;
Her elder daughter is singing "Mother,"
Trying to be cute like a little girl in front of her;

Then, the relatives and descendants
Are exchanging smiles of love.
When she keeps giving a cabbage leaf of a ten thousand won bill
To her grandchildren with love for them,
She is wealthy person; the children are
Boisterously playing in an earthly paradise.

There being no flying fish roe to decorate the smoked salmon dish
Which my mother likes best, she who is an epicure feels sorry.
She seems to be getting old to be a tender, sweet baby.
Even though I can't give her the flying fish roe right now,
I want to go around the party room on my fat legs,
Carrying her shins like pollacks and her thin hips on my back.

If I'll prepare a sumptuous banquet for her one hundredth birthday,
Let her seize the "cheongryeojang*" cane,
And sing a song "Mother" in front of her twenty years later,
Then, my shell will also tell me
That her old daughter is as pretty as ever.

(2010)

* cheongryeojang: It is a walking stick used from unified Silla Dynasty, which the king directly gave to the elderly who lived long. The stick is made from the goosefoot tree preventing people from getting a stroke. Nowadays, it is also given to centenarians by the government.

A Mother of a Poet

- Mother • 17

I'm calling my mother who calls herself a shell of her children,

Like a grandmother living in the country.

"My daughter, are you asleep?"

"My daughter, are you awake?"

Because of her daughter's sudden prank,

She absurdly laughs.

"It sounds like our roles have changed,

My dear daughter, giggle, giggle!"

Both of us are laughing out loud, clapping our hands.

"Because I'm your precious daughter,

I'm your baby even though I'm quite old now.

Were I a baby speaking too politely, it wouldn't be a baby."

"Oh! my dear daughter, good night!"

It must be my mother's high level of playing innocent.

Oh, what a mother of a poet!

(2012)

My Mother's Time Travel

- Mother • 18

My father didn't share his life with a bear
But he planned the future with Miss Choi;
My mother didn't be in the same boat with a fool
But she dreamt a beautiful dream by the principal Yoon as well;
So, a baby was born who's smart and pretty like me.
When I furtively cracked these jokes to make my mother happy,
She told me, "You, cheeky monkey! you're spoiled!"
I'd really like to be a crazy girl if I were in front of my mother.
In the afternoon when the time flows slowly,
I'm trudging on the same path as usual,
Carrying the time on my body, like a snail.
Would it be a good thing that I make my mother laugh
Even once and travel time on the day like this?
My late father might be bursting laughing out loud in the sky.
I hear a familiar laughter from the transparent sky.
I find myself giggling as well.

(2012)

Ommani Van Mehham

- Mother • 19

Mother!

Omani*, omani, ommani!

Ommani van mehham, ommani van mehham,

Ommani van mehham!

The title which I call my mother is a prayer to Buddha;

My mother does everything that I want, like Buddha.

Omani, omani, ommani,

Ommani van mehham!

Oh, what a mysterious harmony!

(2012)

* Omani: a local dialect of mother in Korean

My Mother and Stars in a Turkish Night Sky
- Mother • 20

Oh, Mother!

I'm finding myself flying in a Turkish Night Sky.

Awakened from my light sleep,

I saw gigantic super stars right before my eyes

Making an amazing exhibition of student works,

And started to draw stars, counting them in the dark.

Oh, Mother!

In the raven black night sky, a fist-sized star is playing.

Awakened from a broken sleep,

I can also see the mortal world from a window full of stars.

A school of sharks are swimming by,

Plowing through the waves with their sharp teeth exposed.

Oh, Mother!

Like a morning awakened from a world

Full of the Great Mythology,

I feel I'm descending from the sky

While the stars are ascending.

The sky ladle I tasted for a short time is now dwindling.

I've spooned up some of my dreams - little pretty flowers,

Immortal poems and peace of mind, my mother's best health,

And happiness in our daily lives.

Oh, Mother!

After some of the pretty flower-stars disappeared,

I'm now counting the stars which stand for my dreams.

Oh, the handle of the ladle, the Great Big Dipper!

Not having seen it, I'm imagining it.

My future is just like a hidden precious jewel,

Which I will also polish and make shine.

Oh, Mother!

I'll begin to love more splendidly,

Since all the world will do its magic

Like the dipper of the dreams in the night sky.

I'll love my life a lot more, thinking of you.

(2012)

The Melting Pot of Laughter
- Mother • 25

I lay down by my shell, my mother;
I couldn't sleep because I had a long talk with her.
So, I tried to memorize a spell to fall asleep.
"The first guy, the second guy, the third thing, the fourth racoon,
The fifth cuttlefish, the sixth beef soup, the seventh turkey,
The eighth limbs, the ninth soles, a clink!"

When I chanted the spell twice, my mother responded.
"The first guy, the second guy, the third thing, the fourth racoon,
The fifth cuttlefish, the sixth beef soup, the seventh turkey,
The eighth limbs, the ninth soles, a clang!"
Only the last word 'clink' has become "clang."
The pronunciation of a tour guide girl in Gyeongju
Who had said the twelve gods of the earth
In a dialect occurred to me.
"Rat-size, cattle axis, tiger phosphorus, rabbit tomb,
Dragon gin, snake yarn, horse o, sheep rice, monkey god,
Chicken oil, pig liquo*'"
When I mimicked her pronunciation once,

My mother burst into laughter.

Even though the end word of a phrase has slightly changed,
It's very charming seeming to have their own code.
Very delicious is the melting pot of laughter
At two o'clock in the middle of night.

(2014)

* pig liquo: The set phrase is 'pig liquor' originally, expressed to describe the pronunciation of the tour guide.

If My Shell Were Glad

- Mother • 27

My mother who shared even her liver with her children
Now becomes a weak baby, is hospitalized,
And tells me that she'd like to drink
"Bacchus*" to relieve her fatigue.
Overly chatty, I tell her that I will give her
All my money, and tear off my nose and give it to her.
Suddenly, her triumphant laughter, I hear.
Certainly, I have stimulated my mother
Who doesn't have any pleasure without viewing flowers.
If my shell were glad, I would tear off even my nose.
I, however, sneaked, saying if I did so
My mother would become a monster
Which has two noses and I would also become one
Without a nose.
She says that you'd better stop this
Since both of us would hurt if we did so.
She feels happy as if she got all the world.
"Then, how about giving you one of my nostrils?"
It makes me happy even talking big in front of my mother.

Tomorrow, I'll go to my mother

To tear off my nose and give it to her.

(2014)

* Bacchus: the name of a popular Korean drink

My Mother's Smile
- Mother • 33

"Mother" is
Tens of thousands of poems.

In your late eighties,
You live your beautiful, youthful life.

When I say that your smile is as brilliant
As azaleas blooming in spring,
You tell me, your father used to say so.
Your daughter also feels so warm
In your reminiscence.

Oh, Mother!
"Mother" is the most pleasantly plain, warmest,
And most marvelous, poetic word.

(2016)

A Mother Religion

- Mother • 34

Might a "Mother Religion" exist in the world?

If to believe in and rely on means a kind of religion,

My mother is apparently a religion to me.

When I see her smiling face,

My soul fills with delight.

Since she is the center of the world,

And lets me bloom a lotus flower for my life,

She is Buddha incarnate to me.

Although I visit a Buddhist temple once in a while,

I'm able to live a righteous and happy life

Thanks to her who is truly fragrant.

Oh, Mother!

(2016)

The Pronoun of Love

- Mother • 40

My feeble mother is even closing her eyes now.
When I sing a song "Mother"
Which I myself make to glorify her
Carrying her wheelchair,
She also does sing the song.
No, she doesn't. She hums the song.

Singing the song is the best amusement to her.
Way too weak but beautiful is her singing voice;
I can't do anything without singing songs with her;
So, I'm brokenhearted.

The word "Mother" is not a title but the very noble
And pure, and shortest song in the world.
"Mother" is the greatest praise in the world
And a pronoun of love.

(2018)

Before the Spirit of My Mother Mrs. Choi, Jeong Im
- Mother • 50

Covered with lots of white chrysanthemums,

She is now floating as the light.

She is dressed in a light pink dress made of hemp cloth

Which is famous in Andong city,

Lies herself in her cedar room antique and elegant,

And is going to set off toward another planet.

With the voice of a female monk Sang Bup

Chanting the Buddhist scriptures,

She is led to a far more bright and spacious way.

There got together her kernels who don't make her sick

Even if she put them in her eyes - Young Hwan, Yeon Mo,

Suk Ran, Ji Hwan, her son-in-law, her daughters-in-law,

Her grandchildren Na Gun, Na Bin, Seong bin,

Su Hyeon, and Min Jae.

What on earth should we do from now on?

Is she really setting off on such a long journey alone?

If possible, please come back to us!

Please deliver wage to the boatman and come over here,

Rowing the dark blue sea!

Rough winds are blowing here.

With the sinner's face because of losing you, my mother,

With a white cloth hairpin on my hair

Which is the symbol of a sinner,

I'm trudging on this world as if I were an insane woman.

A few grains of rice turn into big gravels

Sunk in the clean water to the baby who lost you,

Roll continuously in my mouth,

And your daughter is also putting one foot

In the half-way station between two worlds.

In the world of confusion and agony,

The worst sinner who lost you is only crying,

Because I can't follow you.

However, how could I dare to compare with you

Who leaves this world alone?

Would some bad god have taken you to the next world at all?

Oh, what the lofty love between mother and children!

The hefty mountain range of the feeling couldn't be cut off;

Even the unknown, irresistible force has divided

The mother from her children;

So, I'm totally heartbroken, full of grief.

Now, I can't see you any more in this world,

Nor can I rub my face on yours

Nor can I make eye contact with you softly,

Nor can I kiss you,

Nor can I nuzzle up against your nose gently,

Nor can I work out with you,

Nor can I listen to a love song and good night you say.

You can't come over to this world;

Your kernels can't follow you;

So, we are wailing out of bitterness, dead to shame.

Whenever I see you in your portrait,

Whenever I bring you to my mind,

Instead of the song "Mother" which I used to sing every day,

In front of you just going to another star,

I'm singing the only mournful song, boohoo, boohoo, boohoo.

Instead of the poetic word "Mother,"

Instead of your high and pure name "Mother,"

Today, a baby who lost the mother is just blubbering,

Boohoo, boohoo, boohoo.

Oh, Mother!

The right, warm teachings which you gave us

Are high enough to shine brilliantly.

We know you are seeing and listening to everything about us,

And will remember your lovely and bright pupils

Until we go over to your world.

Mother, we love you!

Mother, we respect you!

Mother, we heartily thank you!

Good bye, mom! Bye!

(2019)

A Mother Aircraft Carrier

- Mother • 51

Begonia in full bloom like this,

Where on earth did the mother-flower go?

When I made you put to rest by my late father,

Came back home, and looked up to the sky outside the veranda,

Where my mother was floating like a giant aircraft carrier.

I might be able to get on it.

I'd rather swim only if I reached out to it.

Begonia which now seems futile boasts its life

With lots of dangly flowers.

I added the member of the flower family by cuttings every year,

And then, might it be possible to cut the mother-flower

To give it eternal life as well?

A gust of wind, however, has passed.

I'm fully overwhelmed with pain and agony.

This morning,

Because of the absence of the mother-flower

Which is originally my shell,

I'm so deeply ashamed of my presence

That I only keep shedding tears of bitterness.

Oh, Mother!

(2019)

My Mother's Touch

- Mother • 63

In a Buddhist sanctuary windless,
There sounds the clear and ringing voice
Of a female monk conveying Buddhist scriptures.

Suddenly wide awakened from the sound of the bell*,
My mother is standing at the altar.

Someone hit me on the right shoulder.
Surprised, I glanced backward over my shoulder
And found only my family members
Who had fallen into a trance in praying.

Cultivating myself about the truth of inactivity
Because of the feelings of sadness of the sky falling in,
I felt your touch from an abyss of emptiness
Into which I had fallen.

(2019)

* bell: a tool used in Buddhist rituals, which is similar to a bell

The Reason Why Customs Exist

- Mother • 65

When a needle is stuck into my forearm
In order to have a MRI scan,
I feel a tingling sensation.
Thinking my mother had no choice
But to be disarmed her forearm to live alive,
I'm fully overwhelmed with grief.

That cannot be true, but if we didn't clean
And shroud the dead, and lay the body in a coffin,
But if we didn't bury the dead in the earth
In front of the living,
Some might go find and lie down by the beloved person.

An uncontrollable force lets our lives
Roll along like a ball.
I barely seem to know the reason
Why customs exist, this night.

(2019)

A Magic Umbrella

- Mother • 67

We could only see you in your portrait,
Performing the sixth ritual
Among the sasipkujae*.

You've just said to your children,
"Great job, my babies! Oh, pretty! How pretty you are!"
You are here with tears of sadness in your big eyes,
Which might be because you are longing for your children
And feeling sorrow to the bone.

As I flew through the heavy rain
And stood in front of my mother's grave,
She, an early bird, had waited for me here
Before I was even aware of it,
And now was holding her golden umbrella over me.
Oh, how mysteriously and brilliantly
The magic umbrella was shining!

We'll live our lives for ten years with your magic umbrella,

For another ten years with the force which we yearn for you,

And for the other ten years

With the self-conceit that we are your children.

If we do that way, we will also peacefully

Ascend to the heaven like you.

Desire to see our flowery mother in this world,

We've unfurled and placed your magic umbrella

In our garden of mind.

Oh, Mother!

We'll live our lives as your children

Who you can be very proud of, yearning for you

For hundreds or thousands of years.

(2019)

* sasipkujae: It is the Buddhist ritual after a funeral, which is performed at a temple once a week, for forty-nine days.

The Report of My Mother's Disappearance

- Mother • 70

Whether I close my eyes or not,
My mother exists that way.

When I used to approach her bed at dusk,
Call her tenderly as if a baby fumbled in its mother's bosom,
Make eye contact with her sweetly,
And let me massage her shoulders,
She was very glad with her eyes wide open.

On one side of my brain,
I find myself yelling, "My mother is nowhere!"
Even if I visited her frantically,
I let out a painful cry "My mother is nowhere!" again.
I should report my mother's disappearance.
There is no family register of her in this world.
I should call out her name Mrs. Choi Jeong Im in the heaven.

When my mother sees me, she'll run to me immediately,
Putting on a flowery smile on her face.

Then, how should I find the heaven where she exists?

Would there be a map to the heaven

If I sought for it on the internet?

(2019)

어머니와 나

나의 어린 시절을 떠올리면 어머니의 모습도 같이 떠오른다. 사실 내가 추억을 떠올린다기보다 어머니를 통해서 많은 에피소드를 알게 된다. 그것으로 나의 내면에 잠재해 있는 생각들도 이해할 수 있게 된다. 또한 어머니와 나 사이에 많은 추억이 있는데, 지금의 내가 있게 된, 꽃이나 동물을 좋아하고 불교를 믿게 된 계기를 어머니가 심어주신 것이 아닌가 생각한다.

나는 초등학교 들어가기 전에 전주 금암동에 살았다. 가만히 눈을 감고 그 시절로 돌아가면, 집 주위는 온통 논밭이었고 집 앞에 미나리밭이 있었다. 그리고 학교 가는 길에 기찻길이 있었다. 때로는 아빠 손을 잡고 때로는 오빠와 함께 그 철길을 건너다녔다. 집 안마당에는 온통 맨드라미와 샐비어로 가득한 꽃밭이 소박하게 아름다웠고, 그 꽃들 위로 나비와 잠자리가 날아다니면 그들을 좇아 같이 뛰어놀던 기억이 난다.

학교에 갈 때 어머니는 머리를 예쁘게 두 갈래로 땋아 동그란 빨간 리본을 양쪽에 달아주거나, 머리를 한 갈래로 땋아 내리거나 공주처럼 올려주는 등, 여러 가지 머리 맵시로 내 머리를 만들어 주셨다. 그런데 내가 아직도 기억하는 것은 내 머리 스타일에 대한 만족감이라기보다 내 머리에 느끼던 작은 통증이다. 나는 호기심이 많아 저쪽에서 기차 소리가 나면 저쪽으로, 반대쪽에서 다른 소리가 나면 그쪽으로 머리를 돌리기에 바빴으니, 어머니는 무척이나 힘이 드셨던 모양이다. 그때마다 어머니가 머리빗 끝으로 내 머리를 콕콕 찔렀는데, 내가 깜짝깜짝 놀라면서도 그 버릇은 여전했다며 빙그레 웃으셨다. 그것이 내가 지금까지 가지고 있는 큰 골칫거리인 호기심인 것 같다.

초등학교 다닐 때만 해도 가지고 놀 장난감이 많지 않았다. 요즈음처럼 집마다 장난감이 지천으로 쌓여 있는 것이나 아이들의 지능을 계발해주는 다양한 종류의 장난감이란 상상할 수 없었다. 지금도 여동생에게 미안하게 생각하는 것이 하나 있다. 어린 여동생이 가져야 마땅한 예쁜 헝겊 인형을 내가 안고 아버지에게 안겨서 찍힌 가족사진이다. 철없던 시절 그 사진을 나의 보물처럼 생각하고, 내가 여동생보다 아버지 사랑을 더 많이 받았다고 생각하여 잘못된 우월감으로 발전한 적도 있다.

그러한 궁벽한 시절보다 앞섰던, 내가 대여섯 살 때의 일이다. 한낮에 그 조그만 손을 몇 시간이나 꼭 쥐고 다니더란다. 어머니께서 너무나 궁금해서 손을 펴보라고 해도 펴지 않아서 간신히 억지로 펴보니, 놀랍게도 작은 지렁이 한 마리가 죽어서 오그라들어 있더란다. 어머니는 처음에 놀랍고 징그러웠지만, 왜 그랬냐고 물으셨단다. 그랬더니 지렁이가 꼬물꼬물 움직이니 신기해서 손에 가만히 쥐고 있었다고 대답하였단다. 그래서 어머니는 지렁이가 숨을 못 쉬어 죽으면 불쌍하니, 앞으로는 흙에 다시 놓아주라고 하셨단다. 아마도 나는 그때 이미 불교에서 말하는, 아무리 미물이라도 해치지 말고 살생하지 말라는 '생명에 대한 존귀함'을 무의식중에 배웠던 것 같다.

세월이 흘러 어느 봄날, 아버지 산소에서 아버지를 위해 붉은 철쭉과 빨간 베고니아꽃을 심기 위해 땅을 파다가 굼벵이를 발견했다. 너무나 징그러워서 마음속으로 깜짝 놀랐지만, 그 순간 어린 시절의 나의 행동이 퍼뜩 떠올라서 그것을 손바닥에 놓고 조카들을 웃기며 어머니를 즐겁게 해 드리려고 애쓴 적이 있다. 내가 나이를 먹어도 어머니 앞에서 아직도 어린아이처럼 재롱을 부려 어머니께서 기뻐하시는 모습을 보는 것이 즐겁다. 그것을 어쭙잖은 시 「어머니의 봄날 -어머니·5」로 표현하였는데 그 일부를 여기에 소개한다.

"어렸을 때 큰고모는
지렁이를 손에 꼭 쥐고 다닌 적이 있단다.
호기심이 굉장했어!"
추억하는 어머니 얼굴에
나도 즐거워집니다
어머니 앞에서
나는 언제나 초등학생입니다
　　　　　　　　　-「어머니의 봄날 -어머니·5」중에서

1989년 봄, 아버지를 잃고 나서 우리 가족은 정신적으로 거의 마비되어 휘청거렸다. 특히 아버지와 같은 직업을 가진 나로서는 더욱 그랬다. 우리 가족은 서로를 볼 때 가장이며 아버지라는 정신적 지주를 잃었다는 동질감에서 연민을 느꼈다. 그 한 해는 봄, 여름, 가을, 겨울이 어떻게 아름답게 변하고 우리 곁을 어떻게 떠났는지 전혀 느끼지 못하였다. 어머니도 나도 우리 식구 모두 석가탄신일인 사월 초파일과 아버지의 사갑제死甲祭 그리고 기도 모임에 모여 아버지의 극락왕생을 위하여 '지장보살'을 독경하였다. 불교 청년 모임에 정기적으로 다니며 불교의 교리도 배웠는데, 나와 조상과 우주와의 관계가 객관적으로 설명될 수 있다는 점에 매료되었다. 그리고 그 이론이 합리적이며 초자아超自我를 느끼게 하여 주므로, 조금씩 깨달을 때마다 머릿속에 밝은 빛이 지나가는 듯했다.

이듬해 여름에 어머니를 모시고 지리산 대원사에 다녀왔다. 그냥 바람이나 쐴 겸, 절에서 대절한 버스에 타고 함께 떠났다. 버스를 타고 남쪽으로 내려가는데, 차창 밖에 펼쳐지는 자연의 아름다움을 말로 다 표현할 수 없었다. 아버지를 잃고 난 뒤, 두어 달 동안 병원 생활을 하고 나온 어머니는 그 뒤로 거의 일 년 동안 웃지도 않고 염세주의자처럼 굳어 있었는데, 고맙게도 어머니의 얼굴도 대원사 경내에 핀 화사한 백일홍꽃처럼 피어났다.

지금까지도 잊을 수 없는 또 하나의 불가사의가 있다. 여스님만 수도하는 대원사 경내와 그 근처의 수려함도 잊을 수 없지만, 더 놀라운 것은 여스님들의 맑고 깨끗하여 보석 같은 피부와 잔잔한 샘을 연상케 하는 도인의 눈빛이다. 또 목탁을 두드리며 관세음보살을 염불하는 스님의 나이가 꽃다운 나이였기 때문에 더욱 신비로웠다. 분명 저 도인의 얼굴은 종교의 힘에 의해서만 가능하다는 것을 깨닫고, 어머니와 나는 많이 놀랐다. 이렇게 우리 둘은 좋은 도반이기도 하다.

어머니는 요즈음 연세가 드셔서 머리로 온 세상을 움직이신다. 사람이 어려서는 두 발로 뛰고, 성장해서는 몸으로 움직이며 중년이 되어 명예를 얻으려고 애쓰고, 나이 먹으면 머리로 세상을 움직이므로 앉아서 천 리라고 하지 않던가. 그래서 어머니는 나에게 있어서 둘도 없는 상담 파트너이다. 때로는 운동을 강요하여 싫을 때도 있지만, 어머니께 도움을 많이 받는다.

어미에게 있어서 모든 딸이 그렇듯이, 어려서는 어머니의 꽃 같은 꿈이었다가 딸이 크면 인생에 공통되는 점이 많아서 서로에게 아주 좋은 친구가 되고, 어머니가 세월에 빛바래고 무릎에 힘이 빠지면 버팀목이 되어드리려고 노력한다. 그런데 나와 어머니의 관계는 조금 특별하여 아직도 내가 어머니께 많이 의지하여 도움을 받고 있다.

(2005)

사랑하는 큰딸, 내 새끼 장하다

  어느 어머니나 자식이 잘되면, 마치 어머니 일이 잘 풀린 것처럼 기뻐하신다. 나의 어머니도 내가 시집이나 수필집이나 가곡을 발표하면, 기뻐서 만면에 웃음꽃을 피우신다. 세상 어느 어머니든지 자신과 딸을 동일시하는 것 같다. 어머니께 보은하는 마음으로 가곡 '어머니' 노랫말을 써서 어머니께 헌정하는 노래를 만들어드렸더니, 어머니는 답가로 '사랑하는 큰딸, 내 새끼 장하다'라는 제목의 편지를 써주셨다.

  어머니를 그저 기쁘게 해 드리기 위해 감사의 마음을 담아서 '어머니'란 제목으로 노랫말을 써서 발표하였다. 사실 어머니께서 처음에 부르시던 '어머니' 노래는, 시상식 무대에서 처음 만난 가요 작곡가가 나의 시를 노래로 만들어 시험적으로 테이프에 녹음하여 건네준 것이다. 어머니께 그 테이프를 드렸더니 마음에 드시는지 그 곡을 자주 들으셨다. 그런데 시디로 나온다고 하니까, 제목만 듣고 그 곡인 줄 아신 모양이지만 다른 곡이었다.

  가곡 '어머니'는 노랫말은 같지만, 권기현 작곡가와 유재훈 작곡가가 작곡한 두 개의 노래가 있다. 권 선생님의 어머니께서 병중이라서 그런지, 어머니 노래가 느낌이 장중하고 무거워서 마음에 들지 않았다. 어쩌면 죽음을 앞둔 어머니에 대한 아들의 통곡 소리, 돌아가신 뒤에 들려드릴 진혼곡과 같은 느낌이 들어서 작곡가에게 서운한 마음을 솔직히 털어놓았다. 아주 먼 훗날에 듣고 위로를 받을지 모르겠지만, 당시 그 노래는 별로 듣고 싶지 않았다. 노래가 만들어질 때 작사가와 작곡가의 어머니를 향한 마음이 달라서, 작사가의 의도와 다른 노래가 탄생하였다. 하지만 돌아가신 어머니를 그리워하는 분에게 그 멜로디는 진정한 위로의 노래가 될 수 있을 것이다.

두 번째 어머니 곡을 만들 때, 어머니 앞에서 어린아이처럼 재롱떠는 모습으로 밝고 경쾌하게 만들어달라고 유재훈 작곡가에게 요청하였다. 그 노래가 내가 원하는 방향으로 작곡되었고, 어머니께서도 이 버전을 좋아하셔서 노인정에 가서 부르셨다는 말씀을 듣고 흐뭇하였다. 나도 가끔 학생들 앞에서 불러주기도 하고 성악 동호인 무대에 어머니를 모시고 가서 어머니 앞에서 재롱을 떨며 불러드렸다. 그때 동호인 성악가 여러분이 뒤풀이 모임에서 자신의 어머니를 뵌 듯이 어머니께 인사를 드렸고, 나의 노래에 한마디씩 좋은 이야기를 해주어서 나는 물론, 어머니를 기쁘게 해드렸다. 지금 그 동호인 활동에 참여하지 못하지만, 언젠가 그분들을 뵙게 되면 감사의 표현을 꼭 하고 싶다. 그때 불렀던 가곡 '어머니' 노랫말은 자식이 어머니께 어린아이처럼 응석 부리며 어머니에 대한 사랑과 고마움을 노래한다.

어머니는 내 몸을 만들어 주시더니
이제는 진달래꽃 겉옷을 사주십니다.
내 용기로는 입기 화려한 옷을
어머니 당신을 생각하며 입습니다.
나는 당신의 사랑 옷 걸치고
봄날의 꽃동산이 됩니다
어머니, 당신의 사랑 앞에서
나는 언제나 어린아이입니다

어머니는 내 몸을 만들어 주시더니
이제는 진달래꽃 겉옷을 사주십니다.
내가 이렇게 화려한 옷을 입는 것은
본디 쾌활해서 그런 것이 아닙니다
어머니 당신의 따뜻한 품 안에서
재롱을 떨고 싶기 때문입니다
어머니, 당신의 사랑 앞에서
나는 언제나 어린아이입니다

어머니는 당신 딸이 가곡 노랫말을 써서 극장이나 무대에서 발표할 때마다, 축하의 말씀과 함께 금일봉도 주신다. 가끔 그 노래의 초연 발표 무대인 음악회에 나오셔서 딸의 곡을 듣고 감상을 들려주며 딸을 격려해 주신다. 어떤 때는 음악회에 자식은 물론 손주들까지 대동하고 나오셔서 대가족 나들이가 되었다. 그때 친분 있는 시인이나 작곡가들도 가곡 발표회에 오신 어머니께 인사를 드리고, 지금도 노모의 안부를 묻는 분들이 있어 마음 깊이 고맙게 생각한다. 이번에 가곡 '어머니'가 시디로 나온다고 하니 어머니 자신도 꽤 기대하신 모양이다. 국립극장에서 발표를 끝내고 집에 와서 어머니의 편지를 꺼내어 읽고 신이 났다. 그래서 오랫동안 냉장고 앞면의 잘 보이는 곳에 그 글을 붙여 두다가, 다시 편지함에 신줏단지처럼 잘 모셔두었다. 편지를 정리하다 다시 보게 된, 약 십 년 전의 어머니의 옛 편지! 어머니의 딸에 대한 사랑과 염원에 감전이 되어 그것을 여기에 옮겨본다.

　　사랑하는 큰딸, 내 새끼 장하다
　　'윤연모 작사 권기현 작곡'이라고 소개되어 있고 네 사진이 포스터에 제일 일 번으로 예쁘게 붙어 있어서 기분이 참 좋았다. 큰 공주 잘 두어서 어머니가 시집에 얼마나 많이 등장했느냐. 노인정에서 친구가 시집을 읽고 "당신은 효녀 딸을 두어서 참 좋겠소."라고 할 때 얼마나 기분이 좋았는지 모른다. 어머니 노래 테이프가 나와서 노상 듣고 기분 좋았단다. 국립극장 달오름 극장에서 시디로 다시 태어난다니, 시디 듣고 얼마나 행복할지 생각해 본다. 너도 한없이 기쁘지? 이번에 크게 널리 널리 퍼져서 박수 소리가 극장이 터지게 날 것을 기대한다. 우리 큰딸, 내 새끼 큰 공주 파이팅! 투철하게 1등 하여, 방송국에서 어머니 노래 1등으로 자주 방송해 주어서 크게 퍼져 네 꽃 같은 이름을 날리렴.

우리 큰딸, 내 새끼 연모 파이팅!

그 편지를 오랜 세월이 지난 지금 읽어보니, 진한 감동에 가슴이 벅차다. 어머니께 보은하는 마음으로 가곡을 만들어 드렸는데, 그 노래에 대한 어머니의 기대 또한 딸의 기대 이상이었던 것 같다. 딸이 잘되기를 비는 어머니의 간절한 소원이 절절하게 편지글에 배어 있다. 어머니는 아직도 큰딸이 학교에 다니는 아이인 줄 아시는 모양이다. 포스터에 일 번으로 딸의 사진이 붙어서 흐뭇해하시고, 시디를 투철하게 잘 만들어서 방송국에서 딸이 작사한 노래를 1등으로 틀어주기를 바라는 마음에서 어머니의 자식에 대한 욕심을 확인하였다. 또한 우리 어머니 역시 어쩔 수 없는 대한민국의 어머니란 느낌이 든다.

이제 연로하셔서 힘도 없고 좋아하시는 노래방에도 가지 못하고, 시디로 음악 감상을 하시거나 텔레비전이나 라디오의 음악 프로그램으로 위로를 삼으신다. 딸들이 직접 '어머니' 노래를 불러드릴 때 더 큰 위로를 받으시는 것 같아 그나마 다행이라고 생각한다. 어머니를 뵈면, 가끔 어머니 댁에서 가까운 노래방에 모시고 가서 둘이서 실컷 노래를 부르곤 하였다. 아니, 나는 어머니의 애창곡 '칠갑산'과 '애모' '동백 아가씨' '비 내리는 영동교' '번지 없는 주막' '돌아와요 부산항에' 등 좋아하는 노래의 번호를 눌러 드리는 비서 역할도 하고, 가끔 한 번씩 어머니 앞에서 재롱 떠는 마음으로 노래를 불러드렸다. 언제 한 번 어머니께서 좋아하시던 꼭지 노래방에 어머니를 모시고 가서, 어머니의 노래도 실컷 듣고 어머니 앞에서 탬버린을 흔들며 춤도 추고 노래도 불러서 어머니를 기쁘게 해 드리고 싶다.

(2016)

어머님 영전에 엎드려 웁니다
- 고故 최정임 여사님 사십구재에 부쳐-

어머니께서 이승을 하직하시고 다른 세상으로 홀로 여행을 떠나셔서, 어머니께서 사랑해주시던 저희 사 남매 영환, 연모, 숙란, 지환은 하늘이 무너지고 땅이 꺼진 듯 슬픔이 극에 달하여 가슴이 미어집니다. 어머니 생각이 불현듯 떠오르면, 불효자들은 눈물을 주체하지 못하여 뜨거운 눈물이 쉴 새 없이 흘러 벌건 토끼 눈으로 다닙니다. 이런 망극한 슬픔을 하늘도 아시는지 사십구재를 모시는 동안 장맛비가 주룩주룩 내려 저희를 위로해 주었습니다. 그리고 어머니 사십구재를 모시는 동안 보문사 종정 예하 스님과 상법 스님께서 낭랑한 소리로 정성을 다하여 기도해주셔서, 저희가 마음의 평정을 찾고 삶을 이어갈 수 있었습니다.

어머니는 진안군 마령면의 유학자 최상환 외조부님과 권경영 외조모님 사이에서 사 남매의 장녀로 태어나셨습니다. 외조부님께서는 한학을 사사해주신 수당 선생님을 추모하여, 수당 선생의 제자들을 규합하여 내산사에 사당을 설립하고 매년 향사를 지내셨습니다. 또한, 저희 외가 쪽으로 8대조 할아버지의 향사를 지내던 용계사 서원을 복원하는 데 힘쓰셨습니다. 그래서 자손들의 긍지는 물론, 지방의 교육열을 높이는 데 최선을 다하셨습니다. 또한 그 마을에서 형편이 어려운 사람들을 많이 돌봐드린 선행이 널리 알려져 있습니다.

어머니는 어린 시절에 몸이 약하셔서 외조부모님께서 불면 날아갈까 쥐면 꺼질까 유달리 어머니를 사랑으로 키우셨다고 합니다. 어머니는 이렇게 외조부모님의 지극한 사랑과 교육, 그리고 진안 마이산의 정기를 받아 성품이 곧고 아름답게 성장하셨습니다. 그리고 저희 부친이신 윤상렬 씨와 결혼하셨습니다.

부친께서는 전주 시청에 다니시던 윤자운 조부님과 신민경 조모님 사이에서 삼 형제 중에 장남으로 태어나셨으며, 전주사범학교를 졸업하고 평생을 초등학교 교육에 몸 바친 교육자이셨습니다. 마지막으로 서울의 양재초등학교에서 교장선생님으로 근무하시다 안타깝게도 건강이 갑자기 나빠져서 생을 마감하셨습니다. 젊은 시절, 전주에 사시던 조부님께서 김제에 있는 조카들의 교육을 위하여, 그 조카들도 우리 부모님과 함께 기거하게 하셨습니다. 어머니께서는 시부모님을 모시며 사촌 시동생들까지 돌봐주어야 하는데, 힘든 일도 마다하지 않으셨습니다. 때로는 어려운 일이 있었지만, 어머니께서는 큰마음으로 포용하고 돌봐주셨습니다. 저희가 성인이 되었을 때 그분들이 과거의 어머니의 노고에 감사드리는 모습을 보고 감동하였고, 그것이 저희 인생에 산교육이 되었습니다.

모친께서는 교육자인 남편과 함께 저희를 훌륭하게 키우셨습니다. 장남은 의료보험에서 정년퇴임하고 자기 사업을 운영하고 있고, 장녀는 교육자인 부친의 뒤를 이어 고등학교에서 영어 교사로 교편을 잡고 있으며 동시에 시인, 수필가, 작사가로도 활동하고, 차녀는 의상디자이너로서 의류업에 종사하였고, 차남은 정치에 관심을 가졌지만, 현재는 연구원으로 근무하고 있습니다. 부모님께서는 이렇듯 자식들이 각기 자신이 좋아하는 일을 하며 살도록 헌신적으로 교육하셨습니다. 아버님의 교육력과 더불어 어머님의 고운 심성과 교육에 대한 열정이 자식 교육에 큰 힘이 되었습니다. 부모님께 다시 한번 감사드립니다.

어머니께서는 우리들의 어린 시절에 유행하던 학습지를 받아서 공부하도록 해주셨고, 어려운 가정 형편에 과외도 시켜 주셨습니다. 아버지가 교육 현장에서 근무하셨기 때문에, 자식들의 학교 일에도 적극적으로 도와주셨습니다. 제가 매동초등학교 3학년 때 담임 선생님께서 종례 시간에 누가 교실 커튼을 빨아오겠냐고 반 아이들에게 물으셨습니다. 저는 적극적으로 손을 들어서 기분 좋게 어머니께 그 커튼을 모두 가져다드렸습니다. 그런데 커튼 천이 너무 낡아서 세탁하니 다 녹아버려서, 어머니께서 교실 커튼 한 세트를 모두 새로 맞추어 가져다주셨습니다. 어린 마음에 어려운 살림을 하시던 어머니의 고통은 생각지 않고 그저 흐뭇했던 기억이 있습니다.

모친께서는 꽃과 여행, 강아지를 좋아하셨습니다. 예쁜 꽃만 보시면 사 들고 오셔서 자식들에게 자랑 아닌 자랑을 하셨습니다. 또한 동물을 무척 좋아하셔서 흰색 푸들 강아지 환희, 토종 까만 강아지 복실이, 독일산으로 금메달 족보를 가진 커다란 셰퍼드까지 모두 세 마리를 정성껏 키우셨습니다. 모친께서는 그 개들을 키우며 매일 생선가게에 가서 생선 대가리와 뼈다귀 등을 얻어서 정성껏 끓여서 개들에게 주셨습니다. 한 번은 환희를 목욕시키다가 엄지손가락이 탈골되어 접골원에 다니며 몇 달을 고생하셨습니다. 하지만 어머니의 강아지 사랑은 계속되었습니다. 모친 덕분에 저희 사 남매는 동물을 사랑하고 인간과 동물이 공존하는 사랑법을 배웠습니다.

젊은 시절, 어머니께서 가족들과 함께 부푼 가슴을 안고 작약도 해수욕장에 놀러 가셨습니다. 그 시절 어머니의 수영복 사진이 무척 아름다웠는데, 특히 다리가 일품이었던 것이 생각납니다. 자식들과 김제 금산사, 경주 보문단지, 한려수도, 강원도 일원, 제주도와 해외로 여행도 많이 하셨습니다. 어머니께서 일본으로 두 번째 여행하실 때 좋아하는 모자를 쓰고 배낭을 메고 인천공항에서 자식들을 기다리시던 멋진 모습을 잊을 수가 없습니다. 홍콩, 마카오, 심천에 여행 가셨을 때 함께 여행한 사람들이 연로하신 어머니를 자신의 어머니인 것처럼 함께 모시고 다녀서 자식으로서 고맙고 행복하였습니다.

어머니께서 과천에 사실 때 큰손주 나건이를 데리고 매일 과천대공원까지 한 시간씩 산책하며 운동을 하셨습니다. 노인정 친구들이 패션 감각이 뛰어나다고 칭찬하거나 부러워하시면, 어머니는 친구들이나 어려운 분들에게 서슴없이 그 옷이나 머플러를 내어주셨습니다. 그 미담을 듣는 자식들은 행복하였으며 어머니를 존경하는 마음에 흐뭇하였습니다. 또한 어머니께서 음악과 시를 좋아하셔서 가끔 자식들에게 전화로 천상병 시인이나 황금찬 시인의 시와 에피소드를 들려주며 행복해하셨습니다. 이제 어머니는 저세상에서 문학 이야기를 하실 것 같습니다. 그리고 어머니께서 노래를 좋아하셔서 월요일 밤에 방송하는 '가요 무대'도 시청하고 때로는 함께 부르며 삶의 위로도 받으셨습니다. 그래서 어머니를 뵙지 못하는 날이면, 딸들이 어머니께 보답하는 마음으로 전화를 드려 '어머니' 노래를 불러드렸습니다. 이제 그 누구 앞에서 행복하고 감사한 마음으로 어머니 노래를 정성껏 부를 수 있을까요. 갑자기 가슴에 통증이 일기 시작합니다.

사랑하고 존경하는 어머니!

어머니께서 이 세상과 하직하셔서 저희가 어머니 몸을 만지고 볼을 비비고 뽀뽀도 할 수 없지만, 어머니께서 빛으로 오셔서 저희를 돌봐주시고 어루만져주신다는 것을 알고 있습니다. 저희들은 어머니의 가르침대로 언제나 바르고 건강관리 잘하고 사회에 이바지하며 어머니의 훌륭한 자식으로 열심히 살겠습니다. 어머니께 받은 산 같고 바다 같은 은혜를 다 갚지 못하여 원통하고 죄송합니다. 어머님을 모시는 데 최선을 다하였지만, 여러모로 부족하였던 점을 너그럽게 용서해 주십시오.

앞으로 어머니처럼 성실하고 남들에게 덕을 베풀며 살고 부친과 모친의 자식이라는 자부심으로 열심히 살다가 두 분 곁으로 가겠습니다. 안녕이라는 말은 절대로 하지 않겠습니다. 또다시 만날 날을 기약하며 두 분을 그리워하는 힘으로 잘 살겠습니다. 어머님! 사랑하는 아버님과 함께 저세상에서 이곳저곳 여행도 하시고 자식 걱정일랑 그만하시고 평안하게 계시기를 기원합니다. 어머님! 사랑합니다. 어머님! 존경합니다! 어머님! 감사합니다!

이천십구년 팔월 육일

불효자 영환, 연모, 숙란, 지환 올림

윤연모 시詩에 나타난 서정적 변용과 사유의 활력
- 윤연모論

정 신 재

〈시인·문학평론가〉

1. 변용의 미학

윤연모 시인은 시집 『세상을 여는 출구』(2001)를 출간한 이래로 『베고니아의 승천』(2019)에 이르기까지 5권의 시집을 출간하였고, 『아버지와 피아노 교본』(2003) 등 4권의 수필집과 시와 수필집 『나의 스승, 나의 아버지』(2020)를 출간한 바 있으며, 「아버지의 이름」 등 60여 편의 가곡을 작사한 전통 서정 시인이다. 시인을 전통적 서정 시인이라고 명명한 이유는 그녀의 시에 나타난 서정성과 변용과 부재不在의 과정을 거친 실재實在 때문이다. 시인은 그녀의 세 번째 시집 『물고기춤』(2009)에서 「조선의 꽃 -일본군 성 피해자에게」·「물고기춤」·「소 같다」 등 주옥같은 작품을 발표하였는데, 이는 시인 나름의 독특한 서정을 그려내어 미학적 효과를 거두고 있다.

시인은 「조선의 꽃 -일본군 성 피해자에게」라는 작품에서 "못

된 바람 거세게 불더니/ 하얀 가슴 찢기고/ 처녀의 치마는 뒤집어져/ 순결의 꽃잎도 뜯기고/ 생명의 줄기마저 칼날에 스쳤네/ 꽃이 아니고 새였다면"이라는 표현에서 볼 수 있듯이, 시대 상황의 폭력성에 따른 개인의 상처와 아픔을 진한 서정으로 표현하였다. 이는 시인 나름대로의 역사의식을 시적 구조에 변용시켜 놓은 것이다. 시인은 시대 상황에 따른 개인의 상처를 통해 비극적 현실을 고발하는 데서 그치는 것이 아니라, 개인의 상처와 아픔을 치유할 활력을 제시하는데, 이는 「물고기춤」「개미왕국 –어머니·80」 등에 형상화되어 있다.

> 어항을 내려다보는 절대자 있어
> 세상을 내려다보아도
> 평온하고 한가롭게
>
> 우리네 인생 물길에
> 꽃밭 같은 꿈일랑
> 그대 가슴에 곱게 피워 두고
>
> 이루어야 할 그 무엇도 가볍게
> 애정도 새털만큼 가볍게
>
>   -「물고기춤」부분

개미 왕국에 가본 적이 있는가?

초록색 잔디가 밤하늘이고
개미들이 별이라면 별천지이다

사과가 기부 천사이다
부모님 상석에 올리려는 사과가 벌레 먹어
툭툭 잘라 풀밭에 던진다
사과와 배 왕건이에
왕개미들이 새까맣게 붙어 항해한다

아버지와 어머니가 또 알려주신다
먹을 것이 있어야 사람들이 모이니
무엇이든 나누어 먹으란다
삶에 '고수레! 고수레!'가 필요하다

-「개미 왕국 -어머니·80」전문

　위 시에서 「물고기춤」은 어항 속의 물고기를 들여다보면서 시대적 상황을 벗어날 수 없는 개인의 한계를 그린 작품이고, 「개미 왕국 -어머니·80」은 부모님 묘소에 성묘 가서 먹이를 나르는 개미들의 왕성한 활동을 형상화한 작품이다. 두 작품의 공통 분모는 시대적 상황에 처한 개인의 미약함을 비유화 했다는 점이다. 그러나 이 작품들이 단순히 상황을 벗어날 수 없는 개인의 미약함만을 내포하지는 않는다. 여기에는 상황에 대처하는 개인의 능력을 신장시키는 활력이 나타나는데, 이것이 바로 시인의 변용기술을 알게 하는 특징이다. 곧 전자에는 "애정도 새털만큼 가볍게"에서 알 수 있듯이 실존적 상황에 대처하는 개인의 여유가 나타나고, 후자에는 '아버지'와 '어머니'라는 존재가 제시하는 개인의 활력이 시적으로 형상화되어 있다. 이렇게 볼 때 시인은 실존적 상황을 제시할 뿐만 아니라 인간 본성에 내포된 개인의 인간미를 발현하게 하는 활력에 주목하고 있는 것을 볼 수 있다.

시인은 베이비부머 세대가 겪었던 험난한 현실에서 개인의 아픔을 진한 서정으로 순화시켜 승화로 나아갈 활력을 불어넣었는데, 위 시는 그러한 시의 경향을 잘 보여 준다. 20세기에 한국인은 일제 식민지 현실, 한국 전쟁, IMF 경제 위기를 한꺼번에 겪었다. 이는 개인으로서는 감당하기 힘든 현실이었다. 이와 같은 현실을 극복하고 한국은 선진국 대열에 올라섰는데, 이는 한국인이 가진 활력과 정情이 있었기에 가능했다. 시인은 환란의 시대를 거쳐온 한국인의 여러 정서 가운데 여유와 온정을 찾아내서 서정적으로 변용시켜 놓았는데, 위 시들은 그러한 시인의 필력을 선보인 것이라 할 수 있을 것이다. 이 외에도 「베고니아의 승천」·「소같다」·「술 푸다」 등에서 개인이 처한 슬픈 현실을 달관의 지혜로 극복하는 과정을 잘 그려냈다. 이와 같은 변용은 슬픈 현실로 인하여 개인이 처한 상처와 아픔을 인간미와 활력으로 극복하게 하려는 시인 나름의 전략에서 비롯된 것이다.

2. '어머니'라는 텍스트

이미 5권의 시집을 출간한 윤연모 시인이 돌아가신 어머니께 헌정하는 어머니 연작 시집 『어머니의 시간 여행』이라는 또 한 권의 시집을 출간한다. 여기에는 제목에서 암시하고 있듯이 존재와 사물에 나타나는 시간현상학을 표현한 작품들이 실려 있다. 인간은 보편적으로 시간관념을 가지고 살아간다. 과거의 기억과 현재의 인지와 미래에 대한 연상 등 연대기적 시간을 살아가는가 하면, 현실을 살아가는 실제의 시간과 문학 작품에 나타나는 허구의 시간으로 사물을 인지하기도 한다. 시인은 존재와 우주, 삶과 죽음, 순간과 영원 사이를 여러 시간대로 살아가는 존재의 시간 인지를 '시간 여행'이라고 상징적으로 표현하였다.

이 시집에는 '어머니'라는 존재를 들여다보는 수많은 시선이 담겨 있다. 그러므로 시인에게 시간은 수많은 의미가 산재해 있는 텍스트이자, 놀이가 된다. 그리하여 실제이면서 상상이고, 주체이면서 타자인 '어머니'에는 인간 본성에 놓여있는 다양한 인간미가 내재하여 있다. 시인은 이와 같은 존재에 놓인 다양한 시간을 들여다보면서 개인이 가진 인간미와 활력을 생산해 낸다. 따라서 시인의 시간을 들여다보면 개인의 일상이면서 상상이고, 정적이면서 동적인 시간의 자유를 만끽할 수가 있다.

5부로 구성된 시인의 시집 제1부는 '옴마니반메훔'이라는 제목으로 되어 있다. 사전을 찾아 보면 '옴마니반메훔'은 불교에서 이 육자진언을 염불하면 관세음보살의 자비에 의해 번뇌와 죄악이 소멸되고, 온갖 지혜와 공덕을 갖추게 된다고 한다. 또한, 사람의 내면적 에너지(지혜와 자비)를 활성화시켜 우주의 에너지와 통합할 수 있다고 한 데서 나온 말이다. 이러한 '옴마니반메훔'이란 주문처럼 시인은 '어머니'와의 소통을 모색한다. 그리하여 생전의 어머니와 가졌던 소중한 시간을 영원에까지 가지고 가겠다는 시인의 염원이 곳곳에 나타난다.

아버지는 곰과 함께하지 않고
최 여사와 미래를 설계하였고
어머니는 바보와 함께하지 않고
윤 교장선생님 곁에서 고운 꿈을 꾸었지!
그래서 나처럼 똑똑하고 예쁜 놈이 나왔다
어머니를 즐겁게 하려고
이런 헛소리를 슬쩍 건네면
어머니는 "고얀 것, 미친년!"이라 한다
나는 어머니 앞에서
미친년이 되는 것이 좋다
시간이 느릿느릿 흘러가는 오후
나는 달팽이처럼 시간을 이고
똑같은 길을 터벅터벅 간다
이런 날에 어머니를 한 번만이라도 웃겨서
시간 여행을 시켜드릴 수 있다면
좋은 일이 아닌가
하늘에서 아버지가 폭소를 터뜨리나 보다
투명한 하늘에서 들려오는 익숙한 웃음소리
나도 피식 웃는다

세상에 '어머니 종교'가 있을까?
믿고 의지하는 것이 종교라면
어머니는 분명 나의 종교이다
어머니의 웃는 얼굴만 보아도
그저 기쁨으로 얼굴이 허물어진다
어머니가 세상의 중심이며
어머니가 삶의 연꽃을 피우게 해주시니
어머니는 살아 있는 부처이다
절에 가끔 가더라도
삶을 바르고 행복하게 영위하는 것은
진정 향기로운 당신 덕분입니다
오, 어머니!

–「어머니 종교 –어머니·34」전문

위 시에서 나타나듯이 주체는 어머니와의 시간 여행을 꿈꾼다. 주체는 이 시간 여행을 통하여 불교적 상상 여행을 하는데, '어머니'라는 존재가 우주의 에너지를 공유함으로써 "살아 있는 부처"로서의 지속을 유지하려 한다.

이렇게 볼 때 주체의 어머니와의 시간 여행은 비단 '어머니'라는 타자뿐만 아니라 주체의 본성 가운데 자리 잡은 정신적 에너지나 활력과 맞닿아 있다. 곧 '어머니'라는 타자에 대한 소망은

다른 한편으로 주체인 시인의 소망과 오버랩되어 있는데, 여기에는 시인의 어머니와의 소통 놀이가 영원에까지 지속되기를 바라는 시간관념이 개입되어 있다. 어머니와의 소통과 놀이를 영원에까지 지속하고 싶은 소망이 생동감 있게 작용하고 있다. 이와 같은 시간의 지속은 순간과 영원, 생과 사의 경계를 넘어 지속적인 소통으로 나타난다. 그러므로 어머니와의 소통 시간의 지속은 존재의 인간미를 일상에서 영원으로 가져가려는 활력을 담보할 수가 있는 것이다.

시인에게 어머니와의 소통의 지속은 웃음을 발현하는 놀이로도 작용한다.

> 주문을 두 번 외우니 어머니가 화답한다
> "한 놈, 두식이, 석 삼, 너구리, 오징어, 육개장,
> 칠면조, 팔다리, 구두창, 쨍그랭"
>
> 맨 끝 단어 '쨍그랑'이 '쨍그랭'이 되었다
> 경주 가이드 아가씨의 '12지신' 사투리 발음이 떠오른다
> "자축인묘진사오미신유술혀~"
> 어머니께 한 번 읊어드리니 폭소를 터뜨린다
>
> 말꼬리만 살짝 바꾸어도
> 자신만의 코드 같아서 매력적이다
> 한밤 두 시에 웃음 도가니 맛있다

-「웃음 도가니 -어머니·25」부분

시인은 시의 기법 중 하나인 펀(pun/ 말장난, 언어유희)마저
도 어머니와의 소통에 활용할 만큼 '어머니'라는 존재가 그 내면
에서 많은 비중을 차지한다. 펀의 활용은 『물고기의 춤』이란 시
집에서 「소 같다」·「술 푸다」 등의 작품에서 사용했던 기법이기도
하다. 시인에게 펀은 문명으로 생긴 이기주의와 오해를 불식시키
고 여유를 생성하는 활력으로 상용된 기법이다. 이를 '어머니'와
의 놀이에 활용함으로써 도시 문명이 가져다 주는 이기주의를 극
복하는 여유를 생성시킨다. 곧 시인에게 펀이라는 놀이는 존재가
가진 인간미를 발현시키는 활력소가 되는 것이다.

3. 주체와 타자의 시간 놀이

시인의 시에는 과거의 기억과 미래의 상상을 통해서 실재(實在,
진리라고 가정된 세계)로 나아가는 과정을 그린 작품이 많다. 시인
에게 실재는 '어머니'로 상징화되어 나타나는데, 어머니는 실제의
어머니에서 변용되어 사물을 직관하게 하는 생동하는 존재가 된
다. 이 어머니는 과거의 기억을 현재에 옮겨 주고 저승이라는 가상
공간에서 현재에 뛰어든 사유의 활력을 가지고 있다.

지갑을 정리하다가
말라서 누런 손톱 하나가 나왔다
눈이 시큰하게 아프더니

눈물이 쏟아진다

몇 달 전
어머니 손톱을 깎아드리다가
가장 큰 놈이 나와
쿡쿡 웃으며 나도 모르게
그 보물을 지갑에 넣었다

이승과 저승에 멀리 떨어져 있으니
어머니와 살을 비빌 수는 없어도
연결고리 하나를 찾았다

어머니를 추억하기에 좋은
어디에서도 구할 수 없는
어머니 그리움 한 조각
　　　　　　　　-「어머니 그리움 한 조각 -어머니·57」전문

　어머니께서 살아 계실 때 효심을 다한 이야기를 담고 있는 작품
이다. 실제로 시인은 어머니께서 노환으로 병원에 계시는 동안 직
장에서 퇴근하면 곧바로 병원으로 달려가서 어머니와 많은 시간
을 함께 보낼 정도로 효심이 지극하였다. 위 시에 나오는 "말라서
누런 손톱 하나"는 생전의 어머니 흔적을 놓치지 않으려는 시적
자아의 인간미를 상징한다. 이는 '어머니'라는 타자를 향한 주체

의 효심이면서 주체의 인간미를 발현하려는 시적 장치이기도 하다. 그리하여 "손톱"이라는 기호는 주체의 효심을 확인하고 현재의 사유를 건강하고 생동하게 하는 의미의 실체가 된다. 그러므로 주체에게 '어머니'는 단순한 효심의 대상만을 의미하지 않는다. 이는 실제의 어머니에서 변용되어 존재가 가진 다양한 인간미로 확산된다. 곧 존재가 가진 인간미를 보편적으로 인지하는 실재實在가 '어머니'다. 이 어머니는 주체의 대상으로서의 타자他者이면서 주체의 내면에 있는 인간미를 응시하는 시선을 가지고 있다.

> 당신의 마법 우산으로 십 년 살고
> 당신을 그리워하는 힘으로
> 또 십 년을 살고
> 당신 자식이라는 자부심으로
> 또 십 년을 살다 보면
> 당신처럼 평안하게 승천하겠지요
>
> 이승에서 꽃 같은 어머니를 뵙기 위해
> 어머니의 마법 우산을
> 저희 마음 동산에 잘 펼쳐두었습니다
> 어머니!
> 수백 년, 수천 년 당신을 그리워하며
> 당신의 자랑스러운 자식으로 살겠습니다
>
> ―「마법 우산 ―어머니·67」부분

시인의 시에는 다양한 시간이 내재해 있다. 이 시간은 크게 보면 세 부분으로 구분되어 있다. 첫째는 과거의 기억으로 생전에 어머니와 가졌던 실제적인 소통을 현재에 끌어온 영역이다. 둘째는 저승에 가신 어머니를 현재로 끌어와 상상의 놀이를 하는 영역이다. 셋째는 어머니가 부재不在한 주체의 현재를 '어머니'의 인간미로 채우려는 영역이다. 첫째 영역은 기억이 주로 작용하고, 둘째 영역은 저승에 간 어머니를 현재에 가져오려는 연상이 작용하며, 셋째는 부재不在를 실재實在로 만드는 상상이 주로 작용한다.

시집 제1부 '옴마니반메훔'과 제2부 '웃음 도가니'는 과거의 기억과 관련한 시편들이며, 제4부 '마법 우산'은 삶의 경계 너머에 있는 미래의 이미지를 현재에 끌어들이는 연상이 작용하며, 제3부 '어머니의 항공모함'에는 현재에 나타나는 부재不在를 실재實在로 변용시켜 영원에까지 지속시키려는 주체 의지가 주로 작용한 것이다. 위 시는 바로 어머니가 가지고 있는 인간미를 "수백 년, 수천 년"까지 지속시키려는 주체의 의지가 표현된 작품이다. 그리하여 '어머니'는 "마법 우산"이 된다. 이 "마법 우산"은 현실에서 상처받은 개인이 삶과 죽음이라는 경계를 가로지르기하며, 그 정신적 에너지를 확장하는 기호이다. 따라서 이 기호는 고난을 극복하는 활력소가 되어 독자의 마음에 전이될 수가 있다.

4. 주체와 타자의 가로지르기

시에는 보편적으로 변용이 자리잡고 있다. 연극배우가 일상에서는 평범한 보통 사람에 불과하지만, 연극 무대에 서면 작중 인

물로 바뀐다. 이와 마찬가지로 기표와 기의가 결합하여 기호가
되는 일상어는 시의 구조에서는 그것이 기표가 되고 새로운 기
의와 결합하여 시어가 된다. 시어는 시의 구조에서는 일상어와는
다른 새로운 의미를 발현하게 되는데, 이를 위해서는 낯설게 쓰
기 등 여러 표현 기법이 작용하여 변용되는 과정을 거쳐야 하는
것이다. 시인의 이번 시집은 81편의 '어머니' 연작 시리즈와 '어
머니' 시를 시인 자신이 영어로 번역한 22편의 작품이 수록되어
있다. 그만큼 이번 시집에는 '어머니'가 많은 부분을 차지한다.
시집 표제가 되는 '어머니'에는 다양한 의미들이 산재해 있다. 이
어머니는 주체의 시간 여행을 통하여 다양한 '시간'들을 내포한
다. 그리하여 과거의 기억과 미래에의 연상과 현재에의 수용을
통하여 존재가 가진 인간미와 활력이 일상의 시간과 상상의 시간
을 오가며 생동감 있게 전개되어 있다.

어머니는
수만 편의 시이다

노년의 어머니는
아름다운 청춘 시절을 사신다

당신의 미소가
봄날 진달래처럼 눈부시다고 하니
네 아버지도 그랬다고 한다

어머니 꿈속에서
딸도 포근해진다

가장 수수하고 따뜻하고
경이로운 시어, 어머니

　　　　　　　　-「어머니의 미소 -어머니·33」전문

캐나다 드림헬러 가는 길
코발트 빛 하늘에 내 마음 풀고 눈 감는다

황금빛 프레이리 평원에
자꾸만 자꾸만 떠오른다

지평선 아득한 평원에서 그 영상이 와락 다가와
따뜻한 봄 만들고 나는 사랑 옷 입는다

살짝 눈뜨니
평원이 온통 어머니 얼굴

　　　　　　　　-「평원의 얼굴 -어머니·11」전문

　전편의 시 "어머니는/ 수만 편의 시이다"에서 알 수 있듯이, "어머니"는 존재가 알레고리화 된 시어이다. 곧 존재가 가진 인간 본성과 인간미가 "어머니"에 함축되어 있다. 그러므로 어머니를 자세히 들여다보면 존재가 가진 다양한 인간 본성과 인간미를 응시할 수 있다. 주체는 이 다양한 인간미들을 자아에 내면화하고자 한다. 이를 위해 "아름다운 청춘 시절"의 기억을 들추어내기도 하고, "꿈속"을 유영하기도 한다. 그리하여 얻어지는 것은 "포근해진" 정이며, "수수하고 따뜻한 경이로움"이다. 그야말로 존재와 우주를 시간 여행함으로써 얻어진 결과물이다.

후편의 시는 광활한 대자연이 "어머니 얼굴"로 함축되어 표현된 작품이다. 그만큼 '어머니'는 우주와 맞닿아 있으며, 주체와 타자, 삶과 죽음의 경계를 넘나드는 시간 여행을 하면서 다양한 의미를 내포하고 있다. 시인은 베이비부머 세대이다. 베이비부머가 살아온 시대는 그리 녹록하지 않았다. 36년의 식민지 현실이 끝나자마자 곧바로 한국 전쟁이 찾아왔으며, 전쟁 후에는 도시 문명의 거대한 물결과 함께 인간성 상실이라는 위기를 체험하게 되었다. 그리고 1997년 12월에는 IMF 경제 위기를 맞게 되어 온 국민이 고통을 나날을 보내기도 하였다. 전쟁의 폭력성과 경제 위기로 인한 상실감은 수많은 베이비부머에게 상처와 아픔을 가져다 주었으며, 개인이 가진 능력의 한계를 체험하게 하였다. 이와 같은 위기와 상실감에 처해 있는 개인에게 '어머니'는 그야말로 고난을 뚫고 오르는 의지를 가지게 하는 활력소로 작용하였다. 개인은 절박한 위기에서도 이를 극복할 인간 본성을 가지고 있는데, 주체에게 '어머니'는 타자가 아니라, 주체의 또다른 분신이라고 해야 할 것이다.

5. 부재不在에서 실재實在로

윤연모 시인의 시집 『어머니의 시간 여행』에 나타난 '어머니' 연작 시리즈는 단순히 개인의 효심만을 기술한 것이 아니다. 이 시집에는 고난의 상황을 극복할 인간미와 활력을 충전할 정신적 에너지가 흐르고 있다. 이 에너지는 존재가 부재不在에서 실재實 在로 나아가는 과정을 통해서 이루어진다. 시집 전편을 살펴보면 알 수 있지만, 주체의 어머니는 이미 저승으로 떠난 상태이다. 곧 부재不在이다. 그러나 주체에게 어머니는 실재實在로 작용한다. 곧 기억이나 상상을 통하여 주체의 내면에서 인간미 있는 존재로 지속되며 우주와 맞닿아 있는 것이다.

> (1)
> 어머니에게 노래는 최고의 오락이다
> 어머니 노랫소리가
> 너무 가냘프고 아름다워서
> 내가 해드릴 수 있는 것이
> 고작 노래 불러드리는 것밖에 없어서
> 가슴이 시리도록 아프다
>
> '어머니'는 호칭이 아니라
> 지상의 지고지순한 가장 짧은 노래이다
> '어머니'는
> 세상에서 최고의 찬사이며

사랑의 대명사이다

-「사랑의 대명사 -어머니·40」부분

(2)
베고니아는 이렇게 피어 있는데
어머니 꽃은 어디로 가셨나요?

돌아가신 아버님 곁에 어머니를 쉬게 하고
돌아와서 베란다 바깥 하늘을 올려다보니
어머니께서 상계동 하늘 바다에
거대한 항공모함으로 떠서 계십니다
어쩌면, 저 항공모함에
탈 수 있을 것 같습니다
헤엄이라도 쳐야겠습니다

이제는 부질없는 베고니아꽃이
주렁주렁 열려 생명을 자랑합니다
해마다 꺾꽂이로 꽃 식구를 늘렸는데
어머니 꽃도 꺾꽂이하면 안 될까요?
하지만 광풍이 이미 지나갔습니다
수많은 번민에 휩싸입니다

이 아침

나의 껍데기인 어머니 꽃의 부재에
나의 존재가 부끄러워 그저 눈물만 흘립니다
아, 어, 머, 니!

　　　　　　　　　　　　　　　－「어머니 항공모함 －어머니·51」전문

(3)
뇌 한쪽에서
'어머니는 없어!'라고 소리친다
미친 듯이 가더라도
어머니가 안 계신다고 절규한다
'어머니 실종신고'를 해야겠다
이승에는 호적도 없다
극락에서 최정임 여사를 호명해야 한다

　　　　　　　　　　　　　　　－「어머니 실종 신고 －어머니·70」부분

시(1)은 "'어머니'는 호칭이 아니라/ 지상의 지고지순한 가장 짧은 노래"라면서 어머니를 비유로 압축하였고, 시(2)-(3)은 어머니의 부재不在를 형상화하였다. 이와 같은 대비를 통해서 주체는 부재不在와 실재實在 사이를 가로지르기하며 '어머니'가 실제로 눈앞에 있는 것처럼 재현해 놓았다. 곧 실제로는 부재不在하지만, 시적 상상을 통해서 눈앞에 실재實在하는 것처럼 형상화해 놓은 것이다. 이는 '어머니'라는 기호를 통해서 주체에 활력을 불어넣으려는 시도이며, 순간의 현상을 우주에까지 지속시키려는 상상의 놀이이다. 여기서 상상의 시간이 작용하는데, 이러한 시간 의식은 존재와 세계, 실제와 상상을 연결시키고 지속시키는 활력으로 작용한다. 부재不在와 실재實在를 오가는 이 같은 상상 여행은 존재가 가진 인간 본성과 활력을 지속시키는 정신적 에너지로 활용된다.

이렇게 볼 때 윤연모 시인은 '어머니'를 화두로 하여 주체와 대상, 존재와 우주, 순간과 영원을 오가는 상상 놀이를 하는 것을 볼 수가 있다. 이와 같은 놀이는 시가 다양한 의미를 생산하는 텍스트로서의 역할을 가능하게 한다. 곧 주체가 다양한 시간대를 활보하며 존재가 가진 인간 본성과 인간미를 찾아내 활력 있는 데로 변용되게 하는 것이다. 존재와 세계, 순간과 영원, 주체와 타자의 시간 여행은 과거의 기억과 미래의 연상과 현재의 재현이 어우러지면서 개인이 가진 활력으로 변용된다. 이와 같은 주체와 타자의 시간 여행은 독자들에게도 전이되어 독자들의 시간 여행이 될 수 있을 것이다. 윤연모 시인이 제시한 변용과 활력이 미학적 효과를 더욱 많이 거두기를 기원한다.

윤연모 시집 **6** (어머니 연작시)

어머니의 시간 여행

인 쇄	2021년 9월 23일	
발 행	2021년 9월 29일	

저 자	윤연모
발 행 인	이혜숙
발 행 처	신세림출판사
주 소	04559 서울특별시 중구 퇴계로49길 14,
	충무로엘크루메트로시티2차 1동 720호
전 화	02-2264-1972
팩 스	02-2264-1973
E-mail	shinselim72@hanmail.net
출판등록	1991년 12월 24일 제2-1298호
인쇄·제본	신세림출판사

ISBN 978-89-5800-236-9, 03810
정가 10,800원
Printed in KOREA